ベリーズ文庫

# もふもふ聖獣と今度こそ幸せになりたいのに、私を殺した王太子が溺愛MAXで迫ってきます

やきいもほくほく

STARTS
スターツ出版株式会社

目次

CHARACTER INFORMATION
庶民派令嬢 フランチェスカ
平民に近い生活をしてきた男爵令嬢。真っ直ぐで、こうと決めたら突っ走ってしまうタイプ。新たな人生はもふもふと幸せに暮らしたかったのに、まさかの溺愛にたじたじで⁉
冷徹王太子 レオナルド
ロドアルード王国の王太子。文武両道、眉目秀麗で非の打ちどころがない。冷たくて完璧で隙がないというイメージを持たれがちだが、フランチェスカにはひたすらに甘くて…!
国を守る神獣 グレイシャー
王家のみが契約できる神獣。聖獣よりも格が高く、大きな結界を張って魔獣から王国を守っている。
もふもふ聖獣 シュネー
フランチェスカと契約した犬の聖獣。癒しの力を持つ。いつも元気いっぱいに飛び跳ねている。

もふもふ聖獣と今度こそ幸せになりたいのに、私を殺した王太子が溺愛MAXで迫ってきます

## CHARACTER

**レオナルドの幼馴染 キャシディ**

かつてレオナルドの婚約者候補だった公爵令嬢。気に障ることをすると必ず報復されるので、令嬢たちから怖がられている。

**フランチェスカの弟 マラキ**

冷静に物事を判断でき、頼りになる男爵家の跡継ぎ。レオナルドとフランチェスカについてはお似合いだと思っている。

**レオナルドの弟 コルビン**

第二王子。マラキと仲が良く、彼の契約聖獣・ベネットがお気に入り。兄を幸せにできるのはフランチェスカだけだと信じる。

## KEYWORD

### ロドアルード王国

聖獣と人間が共存している自然豊かな国。この国の貴族たちは十歳の誕生日に聖獣とパートナー契約することになっている。

### 聖獣

パートナーにあった生き物の形になり、様々な恩恵を与える。契約者の「マナ」と呼ばれる力と引き換えに、何かしらの力を使うことができる。

もふもふ聖獣と今度こそ幸せになりたいのに、
私を殺した王太子が溺愛MAXで迫ってきます

# プロローグ

突然、大好きだった聖獣シュネーが魔獣へと変貌した。

このところずっと具合が悪く、フランチェスカは懸命に看病をしていた。

シュネーは暴れており、フランチェスカを認識していないのか腕に思い切り噛みついてしまう。

「痛っ！　シュネー、やめて！」

犬の聖獣であるシュネーのクリーム色の体は真っ黒に染まり、瞳は赤くなっている。

噛まれた部分からなにかよくない力がフランチェスカに流れ込む。フランチェスカは荒く息を吐き出しながら、痛くて割れてしまいそうな頭を押さえた。

憎しみ、痛み、恐怖……様々な感情がシュネーから伝わってくるような気がする。

体が重くなり息苦しく感じた。

シュネーはフランチェスカの前で、おそらく魔獣になってしまったのだ。

「――ああ、やっと堕ちたのね？」

暴れるシュネーを懸命に押さえつけていたらそんな声が聞こえた気がしてフラン

チェスカが顔を上げると、そこには艶やかな金色の髪を靡かせ、ディープブルーの美しいドレスを着ているひとりの令嬢の姿がある。

「キャシディ様、どうしてここに⁉」

「ここに魔獣がいるわ！　早く連れ出してちょうだい」

キャシディは背後に控える騎士たちに向かって叫ぶ。

「待ってください！　今、シュネーを元に戻しますからっ」

キャシディの指示により、フランチェスカとシュネーは騎士たちによって部屋から引き摺られるようにして、貴族たちが集まる会場に連れていかれてしまう。

フランチェスカを取り囲むようにして円ができる。

恐怖から体が震えた。今までフランチェスカもシュネーも皆の病気や怪我を治すために、ずっと力を使ってきた。そんな心優しいシュネーが悪しき魔獣になるわけがない。

説明しようとしても、周囲は「フランチェスカ・エディマーレと魔獣を殺せ」と、フランチェスカとシュネーを責め立てる声で溢れていた。その表情には、まるで穢らわしい者を見ているような嫌悪感が滲み出ている。

「違います……！　黒い煙のせいでシュネーはこうなったと思うのです。だからこの黒い煙さえ取り払えればっ」

「嘘ばかりつくな！　黒い煙など、どこにもないぞ！」

「……え？」

シュネーが牙（きば）を剥いて唸ると周囲から悲鳴があがる。そうしているうちに、部屋中が黒い煙に覆われていく。どうやら黒い煙はフランチェスカ以外には見えていないらしい。

けれどこれが原因だとフランチェスカにはハッキリと理解できるのだ。周りにいた聖獣たちは黒い煙に覆われるとバタバタと倒れていく。

「きゃあぁぁっ！」

「誰か、俺の聖獣が！　助けてくれ！」

「聖獣たちが次々と倒れているぞっ」

悲鳴と共にシュネーとフランチェスカを責め立てる声が響いた。

「お前は悪しき魔獣と契約したんだ」

「悪女めっ！　キャシディ様の言う通りだ。聖獣を呪ったのだな」

「呪いを解かなければ聖獣を失ってしまうのか!?」

「やはりコイツらのせいだ！　フランチェスカ・エディマーレとシュネーを殺せっ」

フランチェスカは皆の鋭い視線と共に吐かれる暴言に焦りを感じていた。その中にはフランチェスカを消そうとするものや激しい非難も含まれている。

「皆様っ……聞いてください！　シュネーのせいではありませんっ！」

フランチェスカは城に来てから国のために毎日、力を使って人々を救ってきた。なのに、今は「裏切り者を許すな」「悪女を今すぐ殺せ」と言って追い詰められれている。

頬に次々と涙が伝っていく。

（私は今までなんのために頑張ってきたの……？）

フランチェスカとシュネーのもとに様々なものが投げつけられる。頭に花瓶があたり、フランチェスカは頭部を押さえた。手のひらにはベッタリと血がついていた。その間も黒い煙が蛇のように巻きつき、シュネーとフランチェスカの体を蝕んでいく。

これが現実だと思いたくなかった。フランチェスカは暴れるシュネーを抱えながら必死に首を横に振る。

すると颯爽と現れたのは国を守る神獣グレイシャーだった。狼のような風貌と、フランチェスカの背丈と同じくらいの体高。この場にいるどの聖獣よりも大きな体を持つグレイシャーは、フランチェスカとシュネーを守るように前に立ち、威嚇するように白銀の毛を逆立てている。

「グレイシャー……！」

フランチェスカが名前を呼ぶと、グレイシャーはいつものように『グルル』と返事をした。

「グレイシャー様はなぜ、悪女を庇うのですか⁉」

「これ以上、呪いを振り撒く前に殺さなければ、シュネーのように魔獣になってしまうかもしれないわ！」

そう言ったキャンディの唇は弧を描いていた。皆はフランチェスカを殺せと言って、護衛たちもこちらに剣を向ける。

「──待ってくれ！　俺はどうにかしてシュネーを救いたいっ！　フランチェスカとシュネーを傷つけることは許さない」

絶望に覆われていく中、その声を聞いたフランチェスカの心にひと筋の光が差し込む。

遅れてやってきたのは、フランチェスカの婚約者でこの国の王太子であるレオナルドだった。レオナルドはフランチェスカを守るように前に出た。

急いで来てくれたのか、額には汗が滲んでいる。

「これ以上、フランチェスカを責めるのはやめてくれ。皆も武器を下ろせ！　フランチェスカとシュネーは我々の病や怪我を治して手を差し伸べてくれた。いつも皆を救ってくれたんだ。それを忘れたわけではないだろう？」

「レオナルド殿下……信じてくれるのですか？」

「ああ、もちろんだ。グレイシャーが守ろうとしているのがその証だ。どうにかしてシュネーを救おう！」

レオナルドの言葉にフランチェスカは頷く。

その矢先、フランチェスカの前にコツコツとヒールの音が響いた。フランチェスカが視線を移すと、レオナルドの幼馴染でフランチェスカの友人、公爵令嬢キャシディの真っ赤な唇が弧を描いている。

キャシディはレオナルドの手を無理やり引いて、フランチェスカの前から引き離した。

そして大きく息を吸って言う。

「皆様、聞いて……！　レオナルド殿下はフランチェスカ様に洗脳されているのよ。このままだとそこの聖獣たちと同じように、グレイシャー様にも影響を及ぼしてしまうわ」

「キャシディ、様……?」

フランチェスカはキャシディの発言に目を見開く。すべてをフランチェスカのせいにしているように聞こえたが、嘘だと思いたかった。衝撃を受けて動けないフランチェスカを冷たく見下ろしたキャシディはこう続ける。

「あなたは魔獣を使って聖獣たちを苦しめ、国を崩壊させようとした。なんてひどい人なの! 今すぐにこの悪女を排除しなければ」

「……どうしてそんな嘘を?」

今までフランチェスカの友人として振る舞ってきたキャシディは、あっという間に手のひらを返す。

「今から悪女フランチェスカがレオナルド殿下にかけた洗脳を、わたくしが解いてみせましょう」

キャシディのその言葉に歓声があがる。

「キャシディ、いい加減にしてくれ! 俺は……っ」

フランチェスカの前でキャシディがレオナルドに抱きついた途端に、レオナルドは黒い煙に巻かれていく。しかし、抵抗しているのかレオナルドは顔を歪(ゆが)めてキャシディを引き剥がそうとしている。

キャシディが離れるとレオナルドは首を押さえて膝をついた。

「痛っ……！」

「レオナルド殿下っ、大丈夫ですか⁉」

フランチェスカがレオナルドに声をかけて手を伸ばすが、キャシディが笑みを浮かべながらそれを阻止する。

レオナルドはフラリと立ち上がった。彼のスカイブルーの瞳が今はなぜか赤く染まり、シュネーと同じ真っ黒な煙に包み込まれていた。

「もっと兵を呼べ、今すぐだ。グレイシャーを、檻に入れろ」

「……え？」

レオナルドは神獣であるグレイシャーをとても大切にしている。彼がそんなことを言うなんて信じられなかった。グレイシャーはレオナルドになにが起こったのか確かめるように近寄るが、その瞬間レオナルドの指示で捕らえられてしまう。

「グレイシャーッ！」

「これで邪魔者はいなくなったわね」

フランチェスカが必死にグレイシャーの名前を呼ぶ中、キャシディが機嫌よさそうにそう言った。

明らかにレオナルドの様子がおかしいことに気付く。グレイシャーが無理やり騎士たちによって押さえつけられているのになにも言わない。

赤い瞳は焦点が合っておらず、どこを見ているかわからない。

（瞳の色が赤く変わっているわ。レオナルド殿下はどうしてしまったの？）

フランチェスカは戸惑っていたが、シュネーを押さえるのに必死でレオナルドに近寄れない。チラリと視線を送ると、キャシディは当たり前のようにレオナルドと腕を組んで、なにかを耳元で囁いている。フランチェスカは嫌な予感がして話しかけようとしたが、その前にレオナルドが静かに唇を開いた。

「悪女フランチェスカを……排除する」

「そうですわ！　皆様、見てください。レオナルド殿下の洗脳が解けました」

キャシディの高らかな声に、ひと際大きな歓声があがった。

「魔獣は殺せ」

フランチェスカは、シュネーを庇うようにして手を広げる。

「やめてくださいっ、こんなの嘘よ……！　レオナルド殿下！」

フランチェスカの悲痛な声を聞いて、キャシディの唇が大きく歪む。

その後もレオナルドは「悪女を排除する」「魔獣は殺す」と、譫言のように繰り返し呟いている。その理由もわからないままフランチェスカが見つめていると、レオナルドは腰にある剣を抜いて、フランチェスカに突きつけた。

しかし剣先はカタカタと音を立てて震えており、まるでなにかに抗っているように見える。

「レオナルド殿下……！」

名前を呼ぶとレオナルドの肩がビクリと動き、フランチェスカは目を見開いた。

しかし間にキャシディが入ってしまう。

一瞬の隙をついてシュネーがフランチェスカの腕から無理やり抜け出し、キャシディに襲いかかろうとしたのを見て、レオナルドが剣を振り下ろす。

フランチェスカはシュネーを守るために前に飛び出した。

「――ッ！」

レオナルドに腹部を斬られたフランチェスカはその場に倒れ込む。

その後ろで神獣グレイシャーが悲痛な叫び声をあげた。フランチェスカはそれでもシュネーを守ろうと手を伸ばすが、シュネーも斬られてしまったのかフランチェスカの前に倒れてしまう。周囲はシュネーとフランチェスカが倒れたことで喜びの声に溢れていた。

フランチェスカは最後の力を振り絞って、シュネーの手を握る。シュネーの傷口から黒い煙が抜けて、空中へと立ち昇っていく。正気に戻ったのか、シュネーはフランチェスカの指をペロリと舐めた。

「ご、め……シュ、ネー……守れ、なくて」

フランチェスカの目から涙が溢れる。視界がぼんやりと滲んだ。

(お願い……神様っ！　どうかシュネーを助けてください！　シュネーだけはっ)

そう願ったとしても誰も助けてはくれない。絶望感に打ちひしがれていた時、剣が床に落ちる大きな音が会場に響いた。直後、フランチェスカの体が抱き抱えるようにして持ち上げられる。

(……レオナルド殿下？)

彼の瞳は赤い色から、いつものスカイブルーに戻っていた。けれどもう、名前すら呼べそうになかった。

「……フラン、チェスカ？」

レオナルドは目を見開いている。彼の声が耳に届いたのと同時に震える指がフランチェスカの頬を滑る。スカイブルーの目から涙が溢れて、頬にひと筋伝っているのが

「……シュ、ネー」

スローモーションのように見えた。

レオナルドがなにかを必死に言っているが、フランチェスカはもう目を開けていることができずに瞼(まぶた)を閉じる。

「――フランチェスカッ！」

どうしてこんなことになってしまったのか。今まで積み重ねてきた思い出が走馬灯のように頭の中を流れていく。

目尻から涙が溢れた。レオナルドに抱きしめられているのだと気付いた時にはもう痛みは消えていた。

「君―ひとり――。俺も―に――」

「…………？」

「――る。フランチェスカ……すまない」

レオナルドがなにかを必死に言っているが、ところどころしか聞き取ることができなかった。

フランチェスカの目の前で、眩(まばゆ)い白銀の光が弾け飛んだような気がした。

# 一章　巻き戻る時間

「――いやぁあぁあぁっ！」

ベッドから飛び起きて、フランチェスカは胸元を押さえた。

全身に汗をびっしょりとかいてベッタリと肌に衣服が張りついている。ガタガタと震える体を押さえながら自分の手のひらを見る。真っ黒な煙に覆われていた肌が元に戻っていた。

（あれはなに？　夢、だったの……？）

フランチェスカはベッドから起き上がり、記憶を頼りに鏡の前に向かった。恐る恐る鏡を覗き込むと、そこには子供になった自分の姿があった。

「え……？」

思わず両手を頬に伸ばす。そのまま数秒固まっていたフランチェスカだったが、頬を引っ張ると痛みを感じる。ミルクティー色の髪とローズピンクの瞳は確かにフランチェスカのものだった。しかし明らかに幼く小さくなっている。

（私はもう十六歳の誕生日を迎えたはずでしょう？）

鏡の中の自分と目を合わせながら呆然としていたフランチェスカだったが、いくら頬をつねっても目を閉じても夢から覚めることはない。

けれど記憶にはハッキリと残っている。

(シュネーはどうなってしまったの？　私はレオナルド殿下に剣で斬られて死んだはず。それなのに、もしかして……時が戻ったというの？)

フランチェスカは震える体を抱きしめてから、混乱する頭で考え、そして記憶を整理していった。

――ロドアルード王国。

聖獣という不思議な生き物と人間が共存している自然豊かな国だ。この国の貴族たちは十歳の誕生日を迎えるとパートナーと契約することになっている。

パートナーになるのは聖獣と呼ばれる、人ならざる者たち。その人間に合った生き物の形になり、大きさや色など多種多様で、一度契約するとその人間が死ぬまでずっとそばにいて色々な恩恵を与えてくれる。

それはこの王国を作った英雄ロドアルードのおかげだと言われていて、彼のパートナーだった金と銀の神獣と共に語り継がれていた。

神獣は今も王家の守り神として国王になるものが大切に守り、引き継いできた。

それが、レオナルドがいつも連れている神獣グレイシャーだ。

グレイシャーが銀の神獣だと言われている。神獣は聖獣よりも格が高く力も強い。この国で神獣と契約しているのは王家だけだった。グレイシャーの力で大きな結界を張り、魔獣からロドアルード王国を守っている。

ロドアルード王国が建国された際に強大な力を持つ魔獣達に立ち向かい、倒したのがロドアルードと金の神獣フラムと銀の神獣グレイシャーだ。グレイシャー同様、ロドアルードが使っていた剣も王家に大切に受け継がれているが、現在、金の神獣フラムの姿はない。魔獣達と戦った際に命を落としたと言われている。

フランチェスカはエディマーレ男爵家に生まれた。

エディマーレ男爵家にはかわいらしい猫を模(かたど)った聖獣が二匹いる。両親の聖獣でビビとリリーという名前だ。同じ猫の聖獣ということで、伯爵家の三女だった母と男爵家の長子だった父は意気投合したらしい。

他の貴族の聖獣よりも力は弱いけれど、両親はそれはもう二匹を大切にしていた。

そんな両親に愛されて育ったフランチェスカは真っ直ぐで素直な子供だったと思う。

フランチェスカが十歳の誕生日を迎えたある日、父とふたりで、聖獣と契約する〝契約の儀〟が行われるため王都の城に向かった。

城に行けることを無邪気に喜んでいたフランチェスカは、変わっていく景色を眺めながら不安と期待に胸を膨らませていた。

「わたくしもお父様やお母様みたいな聖獣と契約できるといいな」

「フランチェスカならば大丈夫さ」

王都に聳え立つ城はフランチェスカにとって輝いて見えた。フランチェスカはお茶会デビューもまだで、貴族の令嬢というよりは平民に近い生活をしている。

エディマーレ男爵は男爵家の中でも聖獣の力が弱く、人がいいこともあり、騙されて領地は狭くなっていき、農作物にも恵まれずかなり貧乏なのだ。

そのため、フランチェスカに自分が貴族という自覚はほとんどなく、友達も平民で、普段は小さな村の子供たちと山を駆け回って遊んでいた。おしゃれをして出かけられることが今回初めてで、興奮しっぱなしだった。

会場に着くとフランチェスカはすぐに自分が浮いていることに気付く。他の令嬢たちと比べてその差は歴然だった。

母のドレスをリメイクしてリボンをつけてもらった幼いフランチェスカとは違い、同じ年とは思えないくらい大人びた令嬢たちを見て気後れしてしまう。

フランチェスカよりもずっと煌(きら)びやかなドレスを着ていて、キラキラと大ぶりのアクセサリーに、クルクルと巻いた髪、色とりどりのドレスは絵本で見ていたお姫様のようだ。フランチェスカは童顔で目はぱっちりとしているが、化粧もしておらず肌も日に焼けている。令嬢としての所作も身につけてはいないのでより子供っぽく見えてしまう。

他の令嬢たちの横に並ぶことを恥ずかしいと思い、父の手を引いてフランチェスカは端の方へと向かう。あんなにも嬉しかったはずのドレスは、周囲と比べてしまえばドレスとも言えないものだった。

父から「ごめんな……フランチェスカ」と言われてフランチェスカは咄嗟(とっさ)に笑顔を作り、首を横に大きく振る。

「思ったよりも大きな会場だったから驚いてしまって！　だからなんでもないの」

「……フランチェスカ」

父を悲しませたり、心配させたりしたくはない。そんな思いからフランチェスカはずっと笑みを作っていた。そして高位貴族たちから名前を呼ばれていき、順番に魔法陣から聖獣が現れるのを柱の陰から見ていた。

（ビビとリリーより、ずっと大きい聖獣もいるのね……！）

フランチェスカが目を輝かせながら聖獣たちを見つめていると、ふと令嬢たちが頬を赤らめて見ている先に、座りながら契約の儀を見ている美しい少年を捉えた。

アイスグレーの髪と透き通ったスカイブルーの瞳に釘づけになり、フランチェスカは大興奮で少年を眺めた。

（……本物の王子様みたい）

その隣には白銀のフサフサとした毛が気持ちよさそうな巨大な狼が伏せて眠っていたが、ムクリと起き上がった狼はなぜかフランチェスカを睨みつけるように視線を送っている。

（私の後ろになにかいるのかしら？）

フランチェスカが背後を見ても壁しかない。

すると白銀の狼が立ち上がった。そして会場へと降りていくのと同時に、辺りが静まり返る。自然と道が開けていき、大きな狼がこちらに歩いてくるのをフランチェスカは目を輝かせながら見ていた。ふんわりと動いたその毛並みにうっとりする。

（うわぁ……！　フワフワしていて気持ちよさそう）

そんなことを思っていると、大きな狼はどんどんこちらに近付いてくる。そして後ろにいた王子様のような少年も狼を追うようについてきた。

そして目の前で足を止めた自分の体よりも大きな狼を見上げ、フランチェスカは触りたい衝動を抑えながら戸惑っていた。

父はフランチェスカの横で腰を抜かして、へたり込むようにして床に座っている。

「グレイシャー、どうかしたか？」

どうやら白銀の狼の名前はグレイシャーというらしい。美しい少年の宝石のようなスカイブルーの瞳と目が合った。グレイシャーはフランチェスカに触れと言わんばかりに顔を近付けたり、匂いを嗅いだりしている。

フランチェスカはゆっくりと手を伸ばして白銀の毛に触れた。思ったよりもサラサラした毛に「うわぁ……！」と感動して声を漏らしながら触る。あまりの気持ちよさに顔を擦り寄せて、グレイシャーの毛並みを堪能した。

「気持ちいぃ〜！　フワフワだわ」

「君は……」

名前を呼ばれて顔を上げると、フランチェスカの頬をグレイシャーの大きくてザラザラした舌が舐めた。くすぐったくてフランチェスカは思わず笑う。そして、グレイシャーと遊びながらも、大きく目を見開いている少年を見て首を傾げる。

腰を押さえながらようやく起き上がった父が、すぐに頭を下げた。

「レオナルド殿下……！　こっ、このたびは」

「エディマーレ男爵、この子を紹介してくれ」

「え⁉　はっ、はい！　娘のフランチェスカです。ほら、フランチェスカ！　レオナルド殿下にご挨拶を」

「えっ……あ、フランチェスカ・エディマーレです」

フランチェスカは母に教わったばかりの挨拶を披露する。頭上から「頭を上げてくれ」と声が聞こえて顔を上げる。

「レオナルド・ルス・ロドアルードだ」

〝殿下〟〝ロドアルード〟という名前を聞いて、レオナルドがこの国の王太子だと悟ったフランチェスカは緊張から体が硬直してしまう。

切れ長の涼やかな目と動かない表情は冷めたい印象を受ける。スカイブルーの瞳がフランチェスカを見て細まるのがわかり、息が止まる。

（まさか本物の王子様だったなんて……！）

再びグレイシャーに顔を舐められて「ひゃっ！」という声と共に肩が跳ねた。そんなフランチェスカを見て、レオナルドがふっと息を漏らした後にハンカチをポケットから取り出し、フランチェスカの顔を優しく拭(ぬぐ)う。

「あ、ありがとうございます……！」

「どうやらグレイシャーはフランチェスカ嬢が気に入ったみたいだね」

「は、はい」

周囲はレオナルドの言葉に騒(ざわ)ついている。

「なにあの子……」

「はしたないわ、信じられない」

「レオナルド殿下に近付かないで」

そんな声が耳に届いたフランチェスカは居心地の悪さに顔を伏せた。レオナルドとグレイシャーが周囲を牽制するように睨みつけていることも知らずに、フランチェスカは羞恥心(しゅうちしん)に苛(さいな)まれながらドレスを掴んでいた。

「フランチェスカ、契約の儀はまだか？」

「は、はい！　でもそろそろ名前を呼ばれると……」

「――フランチェスカ・エディマーレ」

タイミングよく名前を呼ばれたフランチェスカは「はい」と返事をした。そのまま壇上へと歩いていくが、周囲の視線が痛い。令嬢たちからはフランチェスカを罵る声ばかりが聞こえてくる。

フランチェスカは強張る体を懸命に動かしながら、案内されるがまま指定の位置に立つ。静まり返る会場で、自分の心臓の音が周りに聞こえてしまうのではないかと思うほどにフランチェスカは緊張していた。

いつの間にかレオナルドとグレイシャーも元の位置に戻っていて、こちらを興味深そうに見ている。

魔法陣が光り輝いて、その真ん中にまん丸な毛玉が現れた。

クスクスとフランチェスカが召喚した聖獣を馬鹿にするような笑い声が耳に届いたが、フランチェスカは気にならなかった。まん丸で小さな聖獣はこちらを見つめながらなにかを訴えかけているような気がした。

「シュネー……？」

不思議とフランチェスカの頭に、この聖獣の名前が思い浮かんだ。名前を呼ぶとシュネーは尻尾を振りながらフランチェスカの頬を舐めた。

クリーム色でボールのようにまん丸でフワフワの毛に覆われている。お腹の部分にかけての毛色は白っぽい。同じくまん丸の黒い目に、鼻と口。垂れた耳にクルンと丸まった尻尾はとてもかわいらしく、フランチェスカは満面の笑みを浮かべた。

「シュネー、私はフランチェスカ。よろしくね」

グレイシャーよりも硬くツルツルとした毛並みを堪能しながら、フランチェスカは喜んでいた。その時、一瞬だけ金色の光がシュネーを包み込んだような気がしたが、フランチェスカが特に気にすることはなかった。

ふと視線を向けるとレオナルドと目が合った。ペコリと軽く会釈してからフランチェスカはシュネーを抱えて父のもとへと戻る。そんなシュネーとフランチェスカを、グレイシャーとレオナルドがずっと見ていたとも知らずに……。

滞(とどこお)りなく契約の儀が終わり、レオナルドと会い、王家に仕える神獣グレイシャーに触れられたことを母と弟のマラキに話すのが楽しみだと思いながら、父と共に馬車に乗った。王都からエディマーレ男爵領までは丸一日かかる。

エディマーレ邸に到着して母とマラキにシュネーのことを報告すると、とても喜んでくれた。

聖獣は本来、なんらかの恩恵と力をもたらしてくれる。契約者の〝マナ〟と呼ばれる魔力と引き換えに、その力を使うことができるのだ。

父の契約した猫のビビは氷の力を使えるし、母の聖獣リリーは水を出すことができる。おかげでフランチェスカはいつも冷たい水が飲めた。

強い聖獣はもっと大きな力を持っており、神獣グレイシャーは国を魔獣から守る結界を張っている。だが、王家のマナだけでは足りずに、少しずつグレイシャーは力を失っていると父に説明を受けた。フランチェスカは今日会ったレオナルドの姿を思い出す。

(レオナルド殿下とグレイシャー様は、国のために頑張ってくれているのね)

フランチェスカはレオナルドをかっこいいと思った。シュネーにはどんな力があるのかと思いながらワクワクしていた。

シュネーが持つ力がわかったのは突然だった。

二歳下の弟のマラキは体が弱くて、いつもベッドで寝ていた。五歳になったマラキがもう長くはないだろうと医者に言われているのを聞いてしまったフランチェスカは、マラキに元気になってもらいたい一心で花を持っていったり、体にいいという野菜を育てたり、山で薬草を見つけたりしていた。

それから奇跡的に八歳まで生きてはいるが、すっかり衰弱してしまい、最近はベッドから起き上がることもままならなくなってしまう。

フランチェスカがシュネーと契約してエディマーレ男爵邸に戻ったその日、苦しむマラキのもとにシュネーを連れていき、『マラキの病気がよくなりますように』と祈った。すると、眩い金色の光が辺りを包み込んだのだ。

「姉上、なんだか胸の痛みがなくなった」

「え……?」

「きっと、姉上とシュネーが治してくれたんだよ」

「そうなの? シュネー、あなたすごいのね!」

フランチェスカが笑顔でシュネーに視線を向けると、シュネーは尻尾を振りながらクルクルとその場で回っている。フランチェスカは喜びからシュネーを抱きしめた。

あんなにも苦しんだマラキの病は、シュネーの力によって瞬く間に完治したのだ。

シュネーは病を治す『癒しの力』を持っていた。

しかし、大きな力を使った代償なのか、フランチェスカは高熱で寝込んでしまう。

だがフランチェスカはこの力を皆のために使いたいと思った。

それからフランチェスカはいつも仲よくしている街の人たちのもとに向かい、シュネーの力を披露した。シュネーは膝や腰の痛み、ずっと治らなかった病気まで、なんでも治すことができた。フランチェスカが体調を崩してしまうこともあるため、両親もマラキもフランチェスカを心配してほどほどにと止めた。

しかし、フランチェスカは皆に「ありがとう」と感謝されることが嬉しくて仕方なかったのだ。

次第にフランチェスカとシュネーの噂が広まっていく。エディマーレ男爵家には国中からシュネーの力を求めて貴族たちが集まるようになっていた。

そんなある日、エディマーレ男爵家に王家の家紋の封蝋（ふうろう）が押された豪華な封筒が届く。それは国王から呼び出しの手紙だった。

小さな紙に添えられていた手紙にはレオナルドからの【また会いたい】とメッセージが書かれており、それを見たフランチェスカは放心状態になった。

母はシュネーとフランチェスカが病を治したお礼にもらったお金で、急いで新しいドレスを購入した。

フランチェスカはすぐに父と共に王都に向かい、登城した。

城の広間にはレオナルドとロドアルード国王、王妃が待っていた。彼らの背後には豪華な衣服に立派な髭を生やした大臣たちが難しい顔をして立っている。

フランチェスカが緊張して体を硬くしていると、グレイシャーはフランチェスカにすり寄るようにして挨拶をする。シュネーとも鼻を合わせて挨拶をしているようだった。

目の前には病人が横たわっていて、大臣から病気を治すように指示を受けたフランチェスカはいつものようにシュネーに声をかける。病を治すために両手を合わせるとシュネーを中心に光が辺りを包み込んだ後に金色の光が悪い部分に吸い込まれていき、病が完治した。力を使った反動でフラリと倒れ込みそうになるフランチェスカを、レオナルドが支えてくれた。

「ほぅ……これは素晴らしい。奇跡だ！」

「この力は神獣レベルではないか？」

「しかし体の小ささが気になるところですな。それにエディマーレ男爵家は大した力を持った聖獣と契約していないではないか」

国王や大臣たちは集まってシュネーについてなにかを話している。

その後すぐに、フランチェスカは城で暮らすことが決まった。

理由はふたつ。シュネーの力を調べたいということ。もうひとつはレオナルドの婚約者としてフランチェスカを王家に迎え入れる準備をするためだった。

神獣グレイシャーがフランチェスカを気に入ったことが大きな決め手になったようだ。

エディマーレ男爵領から王都まではかなりの距離があり、結婚までの間、フランチェスカを城で預かるという案が出された。フランチェスカは本当は嫌だったが、両親と弟のために頷くしかなかった。それに今まで令嬢としての振る舞いをなにひとつ知らない自分に王太子の婚約者が務まるのかと不安だった。

一度自宅へ戻り、準備をして再びエディマーレ男爵領から城に向かう馬車の中で父と母、マラキと離れることが悲しくて号泣するフランチェスカを、両親はずっと抱きしめてくれていた。マラキもフランチェスカとシュネーにずっと寄り添ってくれた。シュネーは涙するフランチェスカの様子を見て、鼻をクークー鳴らして心配そうにしている。

しかし馬車が王都に入った時、このままでは家族が不安に思うだろうと、フランチェスカは涙を拭っていつものように笑みを浮かべた。シュネーを安心させるように頭を撫でる。

家族と別れてシュネーを抱きしめながら城内に入ったフランチェスカを待っていた

のは、レオナルドとグレイシャーだった。彼らの姿を見て安心したフランチェスカは真っ赤な絨毯を踏みしめて前に進んだ。

突然環境が変化したこともあり、フランチェスカの心の中は不安でいっぱいだった。王太子であるレオナルドとの婚約が決まったためか、次の日から厳しい王妃教育が始まった。

マナーに国の歴史、貴族の名前を覚えたりと、フランチェスカは毎日逃げ出したいくらい苦しい思いをしていた。力を調べるからと、シュネーとも引き剥がされてしまう。

そうしたタイミングでレオナルドは公務に出かけてしまう。レオナルドがいなくなった途端、城にいる者たちはフランチェスカとシュネーを利用しようと我先にと群がった。

病や怪我を治してほしいとフランチェスカのもとを訪れる人たちは後を絶たない。そのお礼にと大量の金貨やドレス、宝石などが与えられる。

高級そうな家具や部屋、見たこともない豪華な食事にお姫様みたいなドレス。すべてフランチェスカが憧れていたものだが、疲労感と苦痛に押し潰されてしまいそうな今は、もうどうでもよくなっていた。

フランチェスカにはおしゃれを楽しむ時間も、自由に外を散歩する時間もないからだ。

（寂しい……家に帰りたい）

城に来て一カ月になろうとしていた。レオナルドが公務に行ってからフランチェスカは毎晩涙を流していた。彼が公務に行く前は彼と共に過ごす穏やかな時間もあった。レオナルドはどんなに忙しくとも一日一時間はフランチェスカのもとに来てくれる。その時間がフランチェスカにとって癒しになっていた。

しかしレオナルドがいなくなってからは多忙を極めていた。休憩を申し出ても「このままでは立派な王妃になれませんよ」と、フランチェスカの意見が聞き入れられることはない。

朝から夕方までの王妃教育が終わると、休憩する間もなくフランチェスカのもとに次々と病人が送り込まれてくる。頑張っても一日に見られる人数やマナには限りがあり、争いが起きて傷つく人もいれば、治癒が間に合わない人もいた。そんな日が毎日続き、心も体も疲弊し、家族と過ごした穏やかな日々が恋しくなる。

日に日に食欲はなくなり、体調も悪くなっていく。それと同じようにシュネーも元気をなくしてフランチェスカのそばで寝てばかりいるようになる。

異変に気づいたのか、フランチェスカたちを守るようにグレイシャーはそばにいて、近付く者たちを威嚇するようになった。誰も近付くことができずにグレイシャーに守られるようにして過ごしていたが、それでも治癒の力を受けたい者たちが、グレイシャーがいない間をかいくぐって依頼に来る。

二週間後、公務で隣国に行っていたレオナルドがフランチェスカの部屋を訪れた。

腫れた瞼を撫でられた感覚がして、フランチェスカは目を覚ました。

「レオナルド、殿下……？」

「まさかこんなことになっていたなんて……すまない。フランチェスカ」

唯一の味方であるレオナルドと会えたことで、久しぶりに息苦しさが消えたような気がした。苦しげに眉をひそめているレオナルドが、グレイシャーに寄りかかるようにして寝ているフランチェスカの手を取って祈るように両手で包み込んだ。

レオナルドの手は震えていた。フランチェスカが「どこか痛いのですか？」と、問いかけたが、レオナルドは静かに首を横に振るだけだった。

「苦しいのですか？　治してあげたいけど、もうっ……私もシュネーも力を使えなくて……ごめん、なさいっ！」

そう言った瞬間、フランチェスカの目からポロポロと涙が溢れていく。フランチェスカが体調を崩し、シュネーが病を治せなくなると周囲の視線は冷たく厳しいものに変わる。

フランチェスカにとってそれは耐え難かった。王妃教育も他の令嬢たちと比べられて『ありえませんわ』『どうしてこんな簡単なこともできないのですか！』と罵られていた。

そもそもスタートラインが違いすぎるのだが、講師たちがそれをわかってくれるはずもない。名ばかりの男爵家出身で平民のように暮らしてきたフランチェスカを守る盾は、なにもない。

ハラハラと涙を流しているフランチェスカの手を握っていたレオナルドが、呟くように言った。

「俺のせいだ。すまない、フランチェスカ」

「え……？」

悲しそうに眉を寄せるレオナルドを見ながら、フランチェスカは顔を伏せた。もしあの時、グレイシャーとレオナルドに出会わなければ……そう考えてしまう自分が嫌だった。

「君とシュネーをどうしても守りたかった」

「守る……？」

「あのままでは男爵家は追い詰められていっただろうし、君は危険な目にあっていたかもしれないから」

「どういうことですか？」

「フランチェスカの力が欲しいと争いになったり、フランチェスカを手に入れるためにエディマーレ男爵家に圧力をかけたりする者が現れたかもしれない」

どうやらフランチェスカのためにレオナルドは色々と考えてくれていたようだ。レオナルドの考えを初めて知ったことで、心が少しだけ温かくなる。

「君の力を求めて病人が押しかけてくることは容易に想像できた。だから居場所を内密にするように手を回したつもりだったが……まさか城内でこんなことになるとは。王家にいればもう安心だと思った俺が甘かったようだ」

「……っ」

「もっと気を配れていれば、フランチェスカをこんなに苦しませることにはならなかった」

フランチェスカは男爵令嬢だ。他の貴族たちが無茶な要求をしてきたら断れない。

しかしフランチェスカがここにいれば、エディマーレ男爵家に迷惑をかけることはないだろう。家族が笑顔でいてくれることはフランチェスカにとっては大切なことなのだ。

レオナルドはフランチェスカの涙を指でそっと拭う。

「このままではダメだ。今すぐに父上と母上に話してフランチェスカを守るために動く。こんなのは間違っている……！」

久しぶりに感じるレオナルドの優しさに熱いものが込み上げてくる。

『淑女たるもの簡単に涙を流してはいけません！　心を強く持ちなにがあっても毅然とした態度で振る舞うのです』

毎回、王妃教育のたびに言われて感情を見せると処罰を受ける。この言葉を思い出して涙をこらえようとするものの、涙は止まることなく溢れ続けた。

スカイブルーの瞳は真っ直ぐにフランチェスカを見つめている。

「約束する。たとえなにがあっても君とシュネーを守ると」

そう言ったレオナルドの柔らかい唇が、フランチェスカの手の甲に触れた。

その日からフランチェスカは少しずつ元気を取り戻していった。それはレオナルドの献身的なフォローがあったからだ。レオナルドがフランチェスカの体調を考えるように国王に訴えかけてから、フランチェスカを利用しようとした人たちに罰を与え、大臣の暴挙を止めた。

実際にレオナルドが罰を与えたのを見ていた者が「レオナルド殿下があんなに恐ろしく見えたのは初めてです……」と話しているのを、城内を歩いている時に偶然聞いたフランチェスカは驚いた。あんなに優しくフランチェスカに声をかけてくれるレオナルドが容赦なく罰を下す姿を想像できない。

フランチェスカは無知なため、言われるがまま治療してきた。しかしレオナルドが戻ってきてからは、押しかける人々を整理する態勢を整えてくれてフランチェスカの周りは落ち着いていく。

グレイシャーも常にフランチェスカとシュネーのそばにいてくれるようになった。レオナルドはいつも誠実でフランチェスカを気遣ってくれる。

そんな彼を好きになるなという方が難しいだろう。

そして多忙故に辛いと思っていた王妃教育も、時間と余裕ができたことでしっかりと向き合えるようになった。皆のために病を治療することもまた頑張ろうと思える。

シュネーもフランチェスカの心境を反映するように元気を取り戻していく。

フランチェスカはレオナルドの婚約者としてふさわしくなれるようにと、寝る間も惜しんで勉強していた。

フランチェスカの頑張りもあってか、次第に周囲からはレオナルドの婚約者として認められるようになってきたと思っていたのだが、そんなフランチェスカにさらなる問題が起こる。

それは、レオナルドの婚約者の座を狙っていた令嬢たちによる執拗な嫌がらせだった。

フランチェスカを嫌う令嬢たちが仕掛けたと気付いたのは、ずっと後のこと。

あえてパーティーで失敗させたり、友人のふりをして裏切ったり、レオナルドの前で恥をかかせたりと様々な方法でフランチェスカを貶めようとしてきたのだ。

フランチェスカに浴びせられる心ない言葉を聞いて端でクスクスと笑う令嬢たちの声を、涙をこらえて耐えていた。

最初は偶然起こった不運かと思っていたけれど、何度か同じような出来事が重なり、嫌がらせを受けていることに気付き、フランチェスカは悲しみに暮れた。

男爵家で悪意に触れずに育ってきたフランチェスカにとって、そのことが一番辛かったかもしれない。

初めのうちはレオナルドに迷惑をかけたくないと、フランチェスカはひたすら耐えていた。しかし、レオナルドはフランチェスカの置かれた状況に気付いて、すぐに手を回してくれた。

安心したのも束の間、それがさらに火に油を注ぐ形となってしまう。結束した令嬢たちは親の権力を使い、エディマーレ男爵家にも圧がかかる。

それをレオナルドに解決してもらう、ということが繰り返されて令嬢たちの恨みは積もっていき、その怒りの矛先はフランチェスカへと向く。同じことの繰り返しだった。

「困ったことがあったら、すぐに俺に知らせてくれ」

レオナルドはそう言ってフランチェスカを守ろうとしてくれるが、フランチェスカは自分でどうにかできないかと考えるようになった。

王都に来てから王妃教育や治療に明け暮れていたため味方もおらず、近付いてくる令嬢に何度も嵌められているフランチェスカは、いつ裏切られるかという恐怖に怯えて心を許せない。そうこうしているうちに、根も葉もない噂は社交界に定着し始めてしまう。

『聖獣を無理やり従わせている』

『レオナルド殿下を騙している悪女』

なぜこんな噂が出回っているのかはわからないが、フランチェスカは『悪女』と囁かれるようになる。

（私、そんなことしていないのにどうしてこんな噂が……）

フランチェスカが城で暮らし始めて一年が経とうとした頃、突然、フランチェスカを庇ってくれる令嬢が現れた。

「皆様、はしたなくてよ？　惨めったらしいからおやめなさない」

「キ、キャシディ様……！」

「キャシディ様っ、わたくしたちはこれで失礼いたしますわ」

フランチェスカを睨んでいた令嬢たちは我先にと背を向けて去っていく。まさかフランチェスカの味方をしてくれる令嬢がいるとは思わなかったので驚いた。

金色の艶のある長い髪を靡かせて、真っ白な肌と緑色の瞳は透き通って見えた。豪華な装飾が施された真っ赤なドレスを纏っているキャシディは、ビスクドールのように美しい。

公爵令嬢のキャデシィ・オルランド。マナー講師に怒られた時にキャシディの名前が常に出てきたほどに完璧な立ち居振る舞いをする令嬢だった。

だが彼女に関してはあまりいい噂を聞かない。彼女の気に障ることをすると必ず報復を受けると、令嬢たちから怖がられているそうだ。

フランチェスカもキャシディを警戒していたが、こうして助けてくれたことは素直に嬉しいと思った。

「フランチェスカ様、大丈夫?」

「は、はい!」

「わたくしはキャシディ・オルランドよ。レオナルド殿下とは幼馴染で、彼のことならなんでも知っているのよ」

「そう、なのですね」

キャシディの言葉にフランチェスカの胸がチクリと痛んだ。

「フランチェスカ・エディマーレです。まだまだではありますが、これから頑張りますのでよろしくお願いいたします」

「よろしくね、フランチェスカ様」

キャシディと一緒にいるようになると、ピタリと令嬢たちの嫌がらせがやんだ。

公爵令嬢であり、レオナルドの婚約者候補として育っていたキャシディの完璧な振る舞いを見て学ぶことも多かった。フランチェスカはキャシディにたくさんのことを教わり、一緒に過ごす機会が増えていく。これでレオナルドに迷惑をかけなくて済むと思うと嬉しかった。フランチェスカはキャシディに感謝し、彼女はとても親切で悪い噂も気にならなくなった。

一方でレオナルドと三人で過ごすことが増え、フランチェスカは不安を感じていた。キャシディはフランチェスカが知らないレオナルドをたくさん知っている。そしてレオナルドもキャシディに対しては心を許して信頼しているように思えた。他の令嬢達に比べて話す距離も近く、笑顔を見せることも多い。フランチェスカが入り込めない内容の会話をしていることもある。そんなふたりの姿を見るたびにチクリと胸が痛む。

キャシディの聖獣はマレーといった。いつも首に巻きついている白い蛇で赤い瞳を持ち、全長六十センチほどの細長い体をした聖獣だった。キャシディと共にいることが増えていっても、シュネーがフランチェスカから片時も離れないことを不思議に思っていた。

（グレイシャーにはあんなに懐いているのに……）

フランチェスカはいつもシュネーを膝の上に乗せていたのだが、キャシディは苦言を呈す。ついには、少しはシュネーと離れた方がいいと、無理やりシュネーを抱え上げ、フランチェスカから離れた場所に下ろされてしまう。

すぐにマレーがシュネーに巻きついて動けなくなってしまい、フランチェスカがシュネーのそばに駆け寄ろうとすると、キャシディに腕を掴まれ引き止められた。

「聖獣は聖獣同士、仲よくしたいと思うのよ」

「ですが、シュネーは……」

「マレーはシュネーと仲よくしたいって言っているような気がするの。ダメかしら？」

キャシディの勢いにフランチェスカは押し黙る。マレーの細い舌が口元から出たり入ったりしている。

フランチェスカは一瞬であるが、マレーの周囲に黒い影が見えたような気がした。シュネーはそのままマレーと共にどこかに走り去ってしまう。

（気のせい、よね……？）

ふと、フランチェスカはマレーがどんな力を持っているのかが気になった。シュネーは癒しの力を持っていて、グレイシャーは国を守る結界を張っている。他の聖獣たちも氷を出せたり、火を吹いたりと様々な能力を持っている。

キャシディには申し訳ないが、マレーを見ていると心が騒ついて不安な気持ちになった。

「マレーは、どんな力が使えるのですか？」

「……どうしたの急に」

「聞いたことがなかったので、気になったのです」

「フランチェスカ様に言えるような大した能力ではないのよ」

そう言ってはぐらかされてしまう。ふたりの間には気まずい空気が流れていた。

マレーの能力が気になったので誰かに聞いてみようと思ったが、フランチェスカにはキャシディ以外に親しい令嬢の友人はいない。

城の侍女に聞いてみるとマレーは『毒』を作り出すのだと知った。炎魔法を使い、代々肉食獣の聖獣を従えるオルランド公爵家の中では異端だそうだ。家族と違った能力を持ったことで、色々と苦労したのかもしれない。

知らなかったとはいえ、キャシディには申し訳ない気持ちになった。

その後から、収まっていた嫌がらせや悪女と呼ばれることが再び増えてきたように思う。

「キャシディ様、かわいそうに……」

「フランチェスカ様に利用されているんですって」

「まぁ、怖い。近付いたら私たちも脅されてしまうわ」

令嬢たちはフランチェスカに敵意を向ける。キャシディに相談してみると「気にすることないわ。嫉妬しているのよ」と言って軽く流されてしまう。

噂の内容も少しずつ変化していく。なぜかキャシディの悪い噂が消えてフランチェスカは再び悪女と呼ばれ、キャシディを陰で虐げ、利用しているとまで言われるようになる。

噂を不思議に思うと同時に、フランチェスカには疑問があった。グレイシャーは、キャシディと一緒にいる時は絶対に姿を現さない。そしてキャシディもグレイシャーの話をするのを嫌がって、名前を出すとすぐに不機嫌になってしまう。

(キャシディ様とレオナルド殿下は幼馴染よね？　でも婚約しなかったのはグレイシャーがキャシディ様に近付かないからなのかしら)

グレイシャーはフランチェスカの前では顔を舐めたり触れたり、安心したように体を預けてくれるのに。

今日も令嬢たちから立ち居振る舞いを馬鹿にされて落ち込んでいた時だった。

「あなたは弱いから皆に馬鹿にされるのよ。つけ入る隙を与えたらダメ」

これはキャシディに毎回、言われる言葉だ。

「え……？」

「もっと豪華に着飾りなさい。やられたら同じようにやり返さなきゃ。そのくらい強くならなければレオナルド殿下にふさわしいとは言えないわ」

キャシディの『レオナルド殿下にふさわしいとは言えない』という言葉は、容赦なくフランチェスカの心を抉(えぐ)った。

「このままだと彼に迷惑がかかるわ。愛想を尽かされるのも時間の問題ね」

「……で、でも」

「気に入らないなら潰せばいい。欲しいものがあったら他者から奪ってでも手に入れなさいよ」

「キャシディ、様？」

「わたくしは、あなたのためを思って言っているのよ？」

そう言われても、周囲に高圧的な態度を取ることは、フランチェスカにはとてもできそうになかった。

（キャシディ様の言う通りにしたら本物の悪女になってしまう）

フランチェスカは小さく首を横に振る。そんな態度を見て、キャシディがこちらを鋭く睨みつけて血が滲むほどに唇を噛んでいるとは知らずに、フランチェスカは考え込んでいた。

そうこうしているうちに『フランチェスカ様に治療の代金として宝石や金を奪い取られた』『フランチェスカ様に報復を受けた』『聖獣たちを呪って体調を悪くして回っている』と、噂の内容はどんどんひどくなり、いくら否定しても誰もフランチェスカのことを信じてくれなくなっていく。

悪い噂に悩まされ、フランチェスカは居心地の悪さを感じていた。レオナルドが噂を潰して回ってくれているようだが、彼に頼ってばかりで申し訳なく思った。レオナルドの負担になっていると思うたびに『レオナルド殿下にふさわしいとは言えない』というキャシディの言葉が頭をよぎる。

キャシディと共に過ごすようになって半年が経った頃、シュネーが体調を崩してしまう。

レオナルドもグレイシャーも心配そうにシュネーに付き添っていたが、シュネーの体調は治るどころか悪化していく。

フランチェスカはシュネーが心配だったが、シュネーの治療は聖獣の研究者たちに任せることになった。

しかし、シュネーの症状は悪化するばかりで成す術なく治療は中止。

フランチェスカは久しぶりにシュネーに会えたことを喜んだが、すっかり弱り、苦しそうにしているシュネーをひとりにしてしまったことを後悔した。

レオナルドはすぐにシュネーの状態を確認して必死に治療法がないか探してくれている。

シュネーとフランチェスカの治療を受けられなくなったことに世間からは不平不満が出ていた。治癒の力はフランチェスカとシュネーが力を合わせて初めて発揮する特殊な力だと研究者たちの調べでわかっていたため、シュネーがこうなってしまった以上、フランチェスカにはどうすることもできなかった。

フランチェスカは部屋の隅に丸まっているシュネーに一日中付き添って、病が治ることを毎晩祈っていた。

そんな折、国境に異常をきたしたとレオナルドとグレイシャーは報告を受けた。その原因を探るために一週間もの間、城に帰ってくることはないそうだ。

レオナルドは、出発する寸前までシュネーとフランチェスカを心配していた。

「大丈夫、必ずシュネーはよくなる。今、治療法がないか探している。なにも心配いらない」

「ありがとうございます……レオナルド殿下」

フランチェスカはレオナルドと離れる不安を抱えながら見送った。

一週間経ち、レオナルドが帰ってくる日。

グレイシャーが離れた影響なのか、ついにシュネーはフランチェスカが声をかけても反応しないほどに衰弱してしまう。

フランチェスカがシュネーの体を綺麗にしようと水を汲みに向かった時だった。

（また黒い煙……？）

フランチェスカがその煙の後を追いかけていくと、美しいドレスを纏い、優雅に歩いているキャシディの姿があった。キャシディはレオナルドの幼馴染ということもあり、オルランド公爵と共に昔から当然のように城へ出入りしていた。

再び目を凝らすと黒い煙は消えており、フランチェスカは目を擦る。

（疲れているのかしら……最近、寝不足だもの）

キャシディの雰囲気がいつもと違うような気がしたが、令嬢たちと会ったことでいつもの柔らかい雰囲気に戻る。

声をかけようとも思ったが、フランチェスカのことを毛嫌いしている令嬢たちだったため、陰に隠れて様子を見ることにした。そこでフランチェスカは初めてキャシディの裏の顔を目撃することとなる。

「キャシディ様、わたくしの聖獣が元気をなくしていて……！　どんどん具合が悪くなっていくんですっ！」

「私の聖獣もキャシディ様の言う通り、体調を崩しましたの！　やっぱりフランチェスカ様のせいなんだわ」

「そうね、それはきっとフランチェスカ様とシュネーのせいよ」

当然のように言うキャシディに驚きを隠せなかった。

「わたくしのマレーも最近、調子が悪いのよ。レオナルド殿下に訴えているのだけれど聞いてもらえないの。きっとあの悪女がレオナルド殿下を洗脳しているのよ！」

「……わたくし、許せませんわ！　お父様に言ってフランチェスカ様をここから追い出すように言わないと！」

「私も協力するわ！　このままだと国がおかしくなってしまうもの」

フランチェスカは水を汲みに行ったことも忘れ、口元を押さえて部屋に戻った。

キャシディがフランチェスカを貶めていたのだと気付いてしまったからだ。

悪女だという噂は嘘だと否定しても誰も信じてはくれないのも、悪い噂が流れるのも、すべてキャシディが仕組んだことだとしたら……。

(私はキャシディ様に裏切られたの?)

そう思うと辻褄が合う。フランチェスカの心は波に飲み込まれるように悲しみに沈んでいく。皆がフランチェスカの敵に思えた。誰が敵か味方かもわからない。フランチェスカはシュネーを抱きしめながら涙を流していた。

どのくらい時間が経っただろうか。

「もう……嫌」

そう言った瞬間、ゾワリと鳥肌が立った。シュネーのクリーム色の毛が真っ黒に染まっていることに気付き、フランチェスカは急いで立ち上がった。

椅子がガタリと大きな音を立てて倒れたことも気にならない。背が壁にぶつかって、真っ黒な煙がフランチェスカの視界を覆い尽くした。

シュネーが別の生き物になってしまった。それだけは理解できた。

そんなタイミングでキャシディが部屋にやってきて、会場へと引き摺り出される。

シュネーを守ろうとしたが、フランチェスカは帰還したレオナルドの剣によって命を落としてしまう。

チカチカと白銀の光だけが、フランチェスカの脳裏に焼きついていた。

◆　◆　◆

フランチェスカが回想を終えて瞼を開くと、目からはとめどなく涙が溢れていた。

フランチェスカの姿や部屋の様子を見る限りでは、シュネーと契約する前に戻ったことがわかる。

当たり前ではあるが、フランチェスカのそばにシュネーはいない。小さな手のひらをギュッと握り込んで感覚を確かめた。

そして本当に時が戻ったのかを確認するために、テーブルの引き出しから日記を取り出す。ページをめくると日付は六年前……十歳の時に戻ったことがわかる。頬を何度つねっても痛みを感じるし、夢から覚めることはない。

日記の最後には『どんな聖獣と契約できるのかな。楽しみ』と書かれている。フランチェスカは苦しむシュネーの姿を思い出して眉を寄せた。

（なんでこんなことに……！　あの黒い煙の正体はいったいなに？　なぜ、皆には見えていなかったの？）

時折、フランチェスカの目に映っていた黒い煙が聖獣にまとわりつくと、その後必ずぐったりとしていた。それにレオナルドも黒い煙に包まれた瞬間に別人になってしまった。

(シュネーと私がレオナルド殿下を洗脳したの？　ううん、違う。レオナルド殿下は確かに私とシュネーを守ろうとしてくれていたわ)

キャシディが洗脳を解くと言ってレオナルドに触れた瞬間、瞳が赤くなってグレイシャーを閉じ込めるように言ったのだ。

(まさかキャシディ様が？　でもマレーの力は毒を作り出すことじゃ……人を操ることなんてできないわよね？)

フランチェスカの全身に冷や汗が滲む。キャシディに裏切られて、別人のようになったレオナルドがフランチェスカとシュネーを斬ったのだ。

片手で涙を拭いながら立ち上がって、そっと鏡に映る自分に手を合わせた。

「ごめんなさい、シュネー！　私がもっとしっかりしていたらあなたを守れたのに……本当にごめんなさいっ」

フランチェスカの胸は今も後悔で押し潰されてしまいそうだった。

どうしてこんな風になってしまったのか——それは契約の儀で、無知なフランチェスカがグレイシャーに触れて、レオナルドと出会い、目立ってしまってしまったことや、シュネーの力が公になり、レオナルドの婚約者になったことが原因ではないだろうか。

（もしも、私がレオナルド殿下と婚約しなかったら……？）

令嬢たちに目をつけられることなく、キャシディに関わることもなかったのかもしれない。そうすればシュネーが死なずに済むのではないか。

そう思ったフランチェスカは、今回はレオナルドとの婚約を阻止しなければと考える。

思い出すのは命を落とす前にフランチェスカを包み込んだ白銀の光。あの光がなんだったのか……そして再び生き返り、なぜ時が戻ったのかわからない。けれどたったひとつわかるのは、もう一度やり直すチャンスをもらえたということだった。

フランチェスカは小さな手のひらをグッと握った。

（次こそは絶対に間違えたくない……！）

あんな思いをするのはもうたくさんだった。涙を拭いながらフランチェスカは強く決意した。

コンコンと扉を叩く音が聞こえて、フランチェスカは反射的に返事をする。すると正装した父がフランチェスカの部屋に入ってきた。

「フランチェスカ、準備はできたか？　おや、まだ着替えてもないじゃないか」

「お父、様……？」

「どうしたんだ、フランチェスカ。おっと！」

フランチェスカは父に突撃するように抱きついてから、声を出して泣いた。懐かしい匂いと感覚にフランチェスカは涙が止まらない。戸惑う父に背を摩られていると、母がフランチェスカの泣き声が聞こえたのか心配そうに駆け寄ってくる。それを見てさらに涙が込み上げる。

ふたりは娘が噂で悪女と呼ばれているのを聞いてどう思ったのだろうか。シュネーが魔獣になったと知って悲しんだだろうか。

母は持っていた布でフランチェスカの鼻水と涙を何度も何度も拭いながら、困惑した様子で父と話している。

「フランチェスカ、大丈夫？　こんなに泣いてどうしてしまったの？」

「昨日はあんなに楽しみだと言っていたのに……。仕方ないから今日はやめておこう」

「でもあなた、十歳で契約の儀に行くことは貴族としての義務よ？」

「だがフランチェスカがこの調子だろう？　心配なんだ」

「そうね……。フランチェスカ、もしかしてドレスが気に入らなかった？　やっぱり新しく買い直した方がよかったのかしら」

フランチェスカは両親の言葉に緩く首を横に振った。

そしてふたりから離れたフランチェスカは、これ以上心配させてはいけないと赤く腫れた瞼を擦りながら涙を拭う。両親の聖獣、ビビとリリーもフランチェスカを心配してくれているのか、足に体を擦り寄せている。

フランチェスカは父からもらった布で思い切り鼻をかんだ。気持ちがスッキリとしていた。そしてあの時と同じ母のドレスをリメイクしたワンピースに袖を通して、髪を結ってもらいながら気合を入れる。

準備が終わり、フランチェスカは弟のマラキのもとへと向かう。

「マラキ、行ってくるわ。体調はどう？」

「姉上、ゴホッ……泣いたの？　なにか悲しいことが、ゴホッゴホッ」

フランチェスカはマラキの背を摩った。こんな風に苦しむマラキを見るのは久しぶりのことだった。

「私は大丈夫よ。マラキは大丈夫？」

「大丈夫、だよ。姉上なら、きっとかわいい聖獣と契約、できるから」

「……！　そうよね。私もそうだったらいいなって思うわ」

呟き込むマラキを抱きしめてから母に挨拶し、馬車に乗り込んだ。

（これから私は男爵家の令嬢として慎ましく生きるのよ……！）

フランチェスカは父と共に馬車に揺られながら、これからのことについて考えた。

大きな疑問はシュネーを含めて、普段病気になることのない聖獣が不調になったこと。おそらくシュネーが魔獣になってしまった原因である黒い煙と、レオナルドの突然変わった不自然な態度や赤い瞳についての元凶は同じだろう。

（どうしてあんなことに……）

鼻の奥がツンと熱くなり、涙が出そうになるのを感じてフランチェスカは再び鼻を啜った。父が不安そうにしているのを見て安心させるように笑顔を作った。

キャシディの裏の顔を知った今では、ひとつひとつの行動や言葉の意味がよくわかる。

キャシディは味方のふりをしてフランチェスカを貶めようとした。そしてフランチェスカを蹴落として、レオナルドの婚約者になるために着々と準備を進めて動いていたのだろう。

しかしフランチェスカに対抗する手段はなかった。

振り返ればキャシディの行為はすべて、フランチェスカを蹴落とすための罠だったのだ。それにまんまと騙された自分の愚かさが恨めしい。

フランチェスカがレオナルドと婚約することになったきっかけはふたつ。

ひとつはシュネーの癒しの力。病や傷を治す特別な力だ。そしてふたつめは契約の儀をきっかけにグレイシャーに気に入られたこと。

以前、フランチェスカはグレイシャーが近付いてきた時に白銀の毛並みを堪能した。

それは無知故にグレイシャーが神獣だと知らなかったからだ。

しかし、今のフランチェスカは知っている。グレイシャーは本来、気高く気性も荒いということを。グレイシャーが自分から人に興味を示して触れに行くということは滅多にない。

レオナルドの婚約者になってからフランチェスカも契約の儀に参加したが、壇上から見ている時にグレイシャーが会場に降りていくことは一度もなかったことを思い出す。

そして歴代の王妃の中でもグレイシャーに気に入られることは、かなり重要視されている。でなければグレイシャーが守る王たちに触れられないからだ。つまりグレイシャーが慕ってくれなければ、どれだけ権力があっても、聖獣が立派で力を持っていようとも関係ない。

なにが基準なのかは不明だが、第一にグレイシャーが興味を示すという条件をクリアする必要があると、レオナルドと婚約してから知った。今思えばグレイシャーに顔面を埋めてグリグリしたり、一緒にお昼寝したりと、フランチェスカは相当グレイシャーに気に入られていた。

グレイシャーに好かれなければ、男爵令嬢であるフランチェスカがレオナルドの婚約者になることはまずないはずだ。

(今回はグレイシャーから距離を取らないと……)

あの白銀のサラサラとした毛並みに触れられないのは悲しいし、今すぐ顔ごと埋もれてしまいたいが我慢しなければならない。

まずは契約の儀でグレイシャーとレオナルドに関わらないようにすることが、フランチェスカの人生を変える大きな一歩になるのではないかと考えた。

シュネーとグレイシャー、レオナルドと共に過ごした時間は今でも大切な思い出だ。

『君―ひとり――――。俺も――に――――』

『――――る。フランチェスカ……すまない』

あの時、レオナルドはなにを伝えようとしたのだろうか。

知りたいけれど、フランチェスカが婚約者にならなければ、彼もフランチェスカを守るために苦労することはないだろう。

城に到着すると、豪華な馬車から着飾った令嬢たちが出てくる。

フランチェスカも父と手を繋ぎながら馬車を降りて、聳え立つ城を見上げながら深呼吸を繰り返していた。長い階段を上がって会場に向かうのだが、その一歩がとても重く感じられた。

以前と同じようにシュネーと再び契約できるのかはわからない。

（私はまたシュネーと契約できるのかしら。けれど……もう一度シュネーに会えるのなら、次こそは絶対に幸せにしてみせるから！）

今は周りのことは一切、気にならなかった。フランチェスカは体に染みついた所作を無意識に活かしながら足を進めていた。

それが周囲の注目を集めているとは知らずに……。

できるだけ目立たないようにと会場の端の方に移動したフランチェスカは、会場をグルリと見回した。見たことのある景色の中で、フランチェスカだけが以前の記憶を引き継いでここに立っている。

（あの時となにも変わらない……）

高位貴族たちの名前が呼ばれていく中、以前と同じタイミングでグレイシャーがピクリと反応してこちらに視線を送っているような気がした。フランチェスカは目が合わないようにしていたが、明らかにグレイシャーはフランチェスカの方を見ている。

このままではまた皆の前でグレイシャーやレオナルドと関わることになると思ったフランチェスカは、この場から逃げるために慌てて父の袖を引いた。

「お父様、お父様……！」

「なんだい？　フランチェスカ」

「わたくし、緊張してお腹が痛いのでお花を摘みに行ってまいりますわ」

「なに……⁉」

「名前を呼ばれるまでには必ず戻ってきますから！」

そう言ってフランチェスカは会場の外へと走り出した。父の制止する声が聞こえたが、人波を縫って一気に駆け抜けた。

体が小さいこともあってか会場を難なく抜け出せる。

一度目の人生で十歳から十六歳までずっと城で暮らしてきたフランチェスカは、どこになにがあるのかを把握している。それに加えてシュネーはいつも元気いっぱいで、すぐにどこかに走っていってしまうため、フランチェスカはよく城の周りを捜し回っていた。

グレイシャーは人がいない場所を好んで昼寝をしていた。故にフランチェスカは護衛の騎士たちがいない場所も城の地形もバッチリと把握しているのである。

（ここならば絶対に誰にも見つからないわ……！）

会場を抜けて壁を通り抜けたところにちょっとしたスペースがある。フランチェスカはそこに身を隠すことにしたのだ。

契約の儀を行うまではここで待機して、名を呼ばれる前に会場に戻ればいい……そう思っていたフランチェスカにとって予想外のことが起こる。

目の前に揺れる白銀のサラサラとした流れるような毛並みと蒼瞳(そうどう)。驚きに声をあげなかった自分を褒めてあげたいと思った。グレイシャーは音もなく現れて草陰の中にいるフランチェスカの前に行儀よく座っているではないか。

（──グ、グレイシャー⁉　どうしてここに）

会場からはぼんやりと名前を呼ぶ声が聞こえてくる。フランチェスカは辺りを見回して周囲に人がいないことを確認してからグレイシャーに話しかけた。

「グレイシャー、じゃなくてグレイシャー様、今すぐ会場にお戻りくださいっ」

しかしグレイシャーはフランチェスカのそばに一歩足を踏み出した。この時、フランチェスカと初対面であるはずのグレイシャーだが、なぜか以前初めて会った時よりも距離が近い。そのことを不思議に思ったフランチェスカだが、今は悠長に考えている暇はない。

グレイシャーに会場に戻るように頼むも、素知らぬ顔でフランチェスカから顔を背けてしまった。グレイシャーの尻尾は左右に揺れており、サラサラの毛並みに目が釘づけになる。

グレイシャーはフランチェスカを元気づけるためにこうしてよく尻尾を揺らしてくれていたことを思い出して、グッと涙をこらえるようにして唇を噛んだ。

すべてを見透かされているような気がした。

グレイシャーとの思い出が溢れ出してしまい、フランチェスカはグレイシャーに思い切り抱きついた。フランチェスカの小さな体はグレイシャーの白銀の毛並みに包まれて埋もれる。グレイシャーもフランチェスカが触りやすいように体を丸めてくれたようだ。

フランチェスカが鼻を啜りながら涙をこらえていると、グレイシャーはペロリとフランチェスカの頬を舐めた。懐かしい感覚に目頭がジンと熱くなった。

先ほど、グレイシャーやレオナルドと関わらないようにと決めたばかりなのに、こんな風にされたら我慢できなくなってしまう。

後悔もあり、フランチェスカの本音がポロリとこぼれ落ちた。

「あのね、グレイシャー。今日から私は男爵令嬢として慎ましく生きたいの。そして今度はシュネーを幸せにする。絶対に守りたい。そのためならなんだってするわ」

『…………』

「レオナルド殿下は私じゃない他の誰かと幸せになるべきよ。そうすればもうレオナルド殿下に迷惑をかけることはない。それに愛する人に二度も殺されるなんてごめんだわ」

グレイシャーはフランチェスカの話を聞くように、ジッと見つめている。フランチェスカは笑みをこぼした。

「こんなことを言われても意味がわからないわよね。でもね、グレイシャーと一緒にいるところを見られるわけにはいかないの」

グレイシャーはフランチェスカの言葉を理解してくれたのか、再び大きな舌でペロリとフランチェスカの頬を舐めてから立ち上がる。

「ふふっ、くすぐったい。大好きよ、グレイシャー。またあなたに会えて本当によかった」

やはりグレイシャーに触れていると心が落ち着く。ずっとこうしていたい、フランチェスカがそう思っていた時だった。

「どこにいるんだ？　グレイシャー」

聞き覚えのある声がこちらに近付いてくることに気付いて、フランチェスカは体を硬くした。

「グレイシャー、返事をしてくれないか？」

どうやらレオナルドが会場から消えたグレイシャーを追いかけてきたようだ。

（どうしましょう！　このままだと見つかってしまうわ）

グレイシャーは耳をピンと立てながら、フランチェスカになにかを訴えかけるような視線を送っている。グレイシャーの蒼瞳を見つめながらフランチェスカは頷いた。

そしてフランチェスカはグレイシャーの後ろに回り、背に隠れるようにして体を小さくする。

すぐ近くからレオナルドの声が聞こえて、心臓が飛び出してしまいそうなほどにドキドキと音を立てた。

「グレイシャー、どうしてこんなところに？」

すぐそばにレオナルドがいる。フランチェスカは彼に見つからないようにグレイシャーの体にしがみつく。

グレイシャーは欠伸をすると、フランチェスカがレオナルドから見えないように姿勢を変えた。

「どうしてもここにいたいのか。わかった」

レオナルドはグレイシャーを撫でると会場に戻っていった。フランチェスカの体からヘナヘナと力が抜けていく。

「ありがとう、グレイシャー。私が見つからないようにしてくれたのね」

嬉しくてグレイシャーをわしゃわしゃしていると、会場では子爵家の令息や令嬢たちが呼ばれていることに気付く。

「そろそろ戻らなくちゃ……！　グレイシャー、このことは内緒にしてね」

グレイシャーはフンと鼻から息を吐き出すと早く行った方がいいと言わんばかりに、大きな鼻でフランチェスカの背を突いた。フランチェスカはもう一度振り返ってからグレイシャーに顔を埋めて擦り寄った。

「グレイシャー、本当にありがとう」

そう言ってフランチェスカは会場へと早足で戻った。

フランチェスカが戻ってこないことに焦ったのか、顔色の悪い父が柱に寄りかかっている。フランチェスカの姿を見た途端、目を輝かせた。

「フランチェスカ……！　どこに行っていたんだ。もうすぐ呼ばれるぞ！」

「ごめんなさい、お父様！　城が広くて迷子になってしまって」

「そうか。呼ばれる前に戻れてよかった。心配したんだぞ？」

「はい、次からは気を付けます」

うまくごまかせたとホッと胸を撫で下ろしたのも束の間、すぐに名前が呼ばれる。

「――フランチェスカ・エディマーレ」

「は、はい！」

フランチェスカは名前を呼ばれて壇上へと上がる。ドレスを馬鹿にする声がちらほら聞こえるものの、以前のように注目を浴びることはない。壇上にはいつ戻ってきたのかグレイシャーが姿勢よく座っている。

グレイシャーはフランチェスカの言ったことを守ってくれているのか近付いてこない。

ふとレオナルドの視線がフランチェスカに向けられていることに気付く。フランチェスカがさりげなく自分のドレスを確認すると、大量についている白銀の毛。

（グレイシャーの毛が⁉）

どうやらグレイシャーに埋もれるほどにくっついていたため、濃い色の生地についた長い白銀の毛がよく見える。

それを見たレオナルドは不思議そうに首を傾げていた。

フランチェスカはグレイシャーとレオナルドに背を向けてからドレスについた毛を手早く払う。触れているところは見られていないはずだから大丈夫だと思いつつも、契約の儀の魔法陣を見た。

そして、金色に光り輝く魔法陣の上に現れたのは見覚えのあるまん丸なシルエット。

「シュネー……？」

『ワンッ！』

あの時と同じように名前を呼ぶと、シュネーは尻尾を振りながらフランチェスカを見ている。クリーム色でボールのようにまん丸な体とフワフワの毛に覆われている黒い目。垂れた耳、クルンと丸まった尻尾、お腹の部分にかけて白い毛も、全部あの時のままだった。

フランチェスカは震える手を伸ばしてシュネーを抱き抱えた。シュネーはフランチェスカの頬の匂いを嗅いだ後に、何度も何度も小さな舌で舐めた。その瞬間、フランチェスカの目から涙が溢れ出た。もう二度と離さない、そんな思いから、フランチェスカはシュネーを思い切り抱きしめて笑みを浮かべた。嬉しくて幸せな気持ちになる。

その様子をレオナルドが見ているとも知らずに。

（ひとりにしてごめんね……シュネー。また契約してくれてありがとう）

肩を震わせて大泣きするフランチェスカに会場は静まり返っていた。フランチェスカは神官に促されるようにして階段を下りていく。心配で前の方に迎えに来た父がフランチェスカの背を押して壁際まで移動した。

「シュネー、ごめんね……！　本当にごめんなさいっ」

シュネーは困惑した様子でフランチェスカの目元から溢れる涙を舐めている。動きを止めたシュネーは、フランチェスカにピタリと寄り添うようにして丸まった。

（今度は絶対に守るから……！）

そんな決意を胸に契約の儀を終えたフランチェスカは、馬車の中でもシュネーを抱きしめて涙を流しながら、エディマーレ男爵領に帰ったのだった。

目を真っ赤に腫らして帰ってきたフランチェスカを見た母は驚いて、父を問い詰めた。嫌なことを言われたのではないかと心配する母に、父はシュネーが現れてからずっと、この調子なのだと説明した。

「フランチェスカ、大丈夫？」

「ごめんなさい、お母様……！　シュネーと契約できたことが嬉しくて涙が出たのです。ですが心配しないでください。もう大丈夫ですから」

「そうなのね」

シュネーに顔を埋めながら理由を説明したフランチェスカに戸惑いつつも、母と父は顔を見合わせている。普通、契約して喜ぶことはあっても涙することはないからだ。

ビビとリリーに挨拶を終えたシュネーは、舌を出しながらフランチェスカの膝の上へと戻ってくる。

フランチェスカは両親に「疲れたので部屋に戻ります」と告げて小さいシュネーの体を撫で、懐かしい毛並みに顔を擦り寄せた。シュネーも疲れたのかフランチェスカの膝の上で気持ちよさそうに眠ってしまう。

フランチェスカはこれからどうしていけばいいのかを考えながら、シュネーの体を撫で続ける。

『もう……嫌』

そう強く思ったフランチェスカの願いを叶えるように、シュネーは真っ黒に染まった。

あの時の恐怖を思い出してしまう。フランチェスカは強張った体をリラックスさせるように大きく息を吸って吐き出した。

これからシュネーと自分自身の身を守るためになにをすればいいのか。今日の振舞いで、フランチェスカのレオナルドの婚約者になるという未来は多少なりとも変わったのではないだろうか。

契約の儀の時にレオナルドに関わることもなく、グレイシャーにも口止めをした。グレイシャーの毛がドレスにベッタリとついてしまっていたが、それはいくらでも言い訳できるだろう。

（リリーは長毛で白い猫だわ。万が一、そのことを問われたらリリーのものだと答えましょう）

そしてこれからはシュネーの力を公にすることなく過ごさなければならない。今ならばわかるが、フランチェスカがなにも知らないのをいいことに、シュネーの力とフランチェスカは利用され続けていたのだ。それを守ろうとしてくれたのはレオナルドだけだった。レオナルドだけはいつもフランチェスカを気遣ってくれた。

（……レオナルド殿下）

今でもレオナルドとの温かい記憶が蘇ってくる。それと同時に『悪女』と呼ばれて剣で斬られたあの痛みも思い出すのだ。

（あんな思いをするのはもうたくさんだわ！）

フランチェスカはシュネーを撫でる手を止めた。シュネーの力を伏せるのはいいが、マラキの病はシュネーの力でなければ治せない。どうにかしてマラキの病を治したいと思っていたフランチェスカはあることを思いつく。

（そうだわ！　この力は誰にもバラさない。両親にもバレないように今すぐ、マラキをこっそりと治せばいいのよ）

もしシュネーの力がわからずになにもできなかったとしても、優しい両親はフランチェスカを見捨てたりしない。

そうすれば、病が治せるという噂も広まらないだろうと思ったフランチェスカは立ち上がった。フランチェスカはシュネーが以前と同じ能力を持っているかを確かめるために、城の端に隠れた時に葉で切った部分を治そうとシュネーに訴える。

するとシュネーはマナを使い、瞬く間にフランチェスカの腕の傷を治してしまった。

（やっぱりシュネーは同じ力を持っているのね！）

シュネーにお礼を言ってから皆が寝静まるのを待った。

真夜中、フランチェスカはシュネーを連れてマラキの部屋に向かった。

「シュネー、静かにね」

シュネーは『クゥン……』と声を出した。なぜすぐに動かなければならないのか。マラキの病が治った原因が新たに家に来たシュネーのおかげではないかと疑われないためだ。契約した初日に聖獣の力がなにかわかる人はそうそういないだろう。

マラキの部屋に到着したフランチェスカはこっそりと部屋に入って、ゆっくりとベッドに近付いていく。聞こえてくるのは、荒い呼吸と咳き込んでいるマラキの苦しげな声。

フランチェスカはシュネーに小声で「お願い」と頼むと、シュネーはマラキのベッドに乗る。シュネーはクルクルとその場で回るとフランチェスカを見上げた。フランチェスカは頷いてから手を合わせて瞼を閉じる。シュネーの体が金色に包まれていき、その金色の光はマラキの胸元へ吸い込まれていく。

するとマラキの呼吸が次第に落ち着いていき、シュネーの体から光が消えていった。この力は症状がひどいほどにマナを大量に使うため、フランチェスカもかなりの疲労感を覚える。

フランチェスカはマラキの呼吸が落ち着いたのを確認してからシュネーを抱えて、音を立てないように早足で部屋を出る。静まり返っている廊下を駆け抜けていき、自分の部屋に戻るとホッと息を吐き出した。

「シュネー、うまくいったわ。本当にありがとう！」

フランチェスカの声にシュネーはブンブンと尻尾を振っている。

（これで絶対にシュネーの力がバレることはないわ……！）


次の日、マラキの病気は嘘のようによくなった。

両親も医師も「奇跡だ！」と言って泣いて喜んだ。もちろんフランチェスカもだ。誰もフランチェスカとシュネーがやったこととは思わなかったようだ。

シュネーの力は伏せておいた方がいい。エディマーレ男爵家のためにも自分自身のためにもだ。

そう固く決意していたフランチェスカにとって予想外のことが起こる。

病がよくなり一週間経った日、まだ体力が戻りきらないマラキは部屋でリハビリをしていた。幼い頃からずっと病に侵されていたマラキはずっと寝たきりだったため体力も筋力もなく、病が治ったとはいえ急に周りの子供と同じように動くことはできない。

フランチェスカはマラキが歩けるように肩を貸していたのだが、ひと休みするために椅子に腰かけて紅茶を飲んでいた。すると、部屋中をグルグルと元気よく走り回るシュネーを見ながらマラキがポツリと呟いた。

「ねぇ、姉上」

「どうしたの？　どこか痛む？」

「ううん、違う。聞きたいことがあって」

「なにかしら？」

「僕の病気を治したのは姉上とシュネーだよね？」

「ブ————ッ⁉」

フランチェスカが吹き出した紅茶を盛大に浴びたマラキは特に驚くこともなく、何事もなかったかのように侍女を呼んで布を持ってくるように頼んでいる。

マラキはフランチェスカとは真逆で、昔から物静かで冷静に物事を判断してきた。病のせいもあり、年齢の割には大人びていてなにかを悟っているマラキをフランチェスカは寂しく思っていた。

あの日、夜中にこっそり忍び込んで治療したはずだったがマラキにはバレていたようだ。フランチェスカは動揺を隠しきれずに否定しようと口を開く。

「ち、ちっ、違うわ！」

「そんなに動揺していたら、自分だって言っているようなものじゃないか」

「きっ、気のせいじゃないかしら？」

「でも僕はシュネーの体が光っているところと姉上の姿を見たよ？」

「……っ！」

フランチェスカはグッと唇を噛んで、テーブルに手をついてから勢いよく立ち上がった。テーブルの上にある食器が倒れてガチャリと大きな音を立てる。実際に見られているとしたらもう言い訳はできない。となればフランチェスカのやることはただひとつである。

「マラキ、お願いっ！　このことは誰にも言わないでほしいの。お父様やお母様にも内緒にして！」

マラキはマゼンタ色の瞳でフランチェスカを真っ直ぐに見つめながら首を傾げている。聖獣が強い力を持つのは素晴らしいことで秘密にする必要はない。

シュネーの力は強力で貴重なものだ。病が治るならばどんなことをしてでも治したい……皆、そう思うだろう。

フランチェスカはそういう人たちの欲望や必死に生にしがみつく姿を嫌というほど、たくさん見てきた。人々に必要とされて、誰もが見せびらかしたいと思うような力を内緒にしてほしいというフランチェスカを、不思議に思うのは無理もないだろう。

「シュネーの力は内緒にしたいの！　この力が広まれば皆に利用されてしまう。大切な人を不幸にしてしまうのよ」

大切な人——その言葉にレオナルドの顔が思い浮かんだフランチェスカは、振り払うように首を横に振る。

フランチェスカの様子を見ていたマラキは、侍女からもらった布を受け取った後に人払いをした。そして、顔に飛んだ紅茶を拭き取りながら、俯くフランチェスカに声をかけた。

「よくわからないけど、姉上が言いたいことはわかったよ」

「え……？」

マラキの言葉にフランチェスカは顔を上げた。

「確かにこの力がバレれば、エディマーレ男爵家には人が殺到するだろうね。仮に姉上が端から病を治していけば、姉上の噂は貴族たちから王族まで届く。そうしたら王族は姉上とシュネーを欲しがるから、姉上が苦しむことになるのは安易に想像できるし、それは僕も望んでない。できることがあれば協力するよ」

マラキの言葉に、こんなことを考えていたのかとフランチェスカは口をあんぐりと開けた。まるで一度目の人生でフランチェスカに起きたことを見ていたかのように、ピタリと言い当てたのだ。以前、マラキとこんな話をした記憶はない。マラキはいつも心配そうにフランチェスカを見ていたような気がした。そして『無理はしないで』と声をかけてくれていた。

しかし、こうなることをこの段階で予測していたことに驚きを隠せない。

「マラキ……あなたすごいのね」

「そうでもないよ。姉上も父上もお人好しだから、僕が頑張って男爵家を守ればいいなって思っていた。これまで姉上や母上たちに迷惑をかけてばかりいたから、病が治った今、やっと力を発揮できる。姉上がしてくれたように僕も姉上を守りたいんだ」

「マラキ……」

マラキの言葉にフランチェスカは感動していた。

「でも今までの姉上だったら手当たり次第、色々な人たちを治して喜んでいそうだけど、どうしちゃったの？」

「そ、それは……私も冷静に考えて、そう思ったのよ！」

「ふーん、変な姉上」

「も、もし私がシュネーの力を使って治療を始めていたらどうしてたの？」

「姉上は基本的に真っ直ぐで自分の決めたことを貫き通す人だから、僕には止められないって思うよ。それに僕が内密にした方がいいと言っても、姉上は皆のためにって力を使うと思う」

「うっ……！」

すべてマラキの言う通りすぎてフランチェスカはなにも反論ができなかった。そしてエディマーレ男爵家にはこんなに頼もしい跡継ぎがいたのかと安心したのだった。

「僕は黙っているから、姉上も本当にバレたくないなら情に動かされて簡単に力を使ったりしたらダメだよ？」

「は、はい！」

「シュネー、姉上が危険な目にあったら守ってあげてね」

マラキがそう言うと、シュネーはマラキの膝の上に行き、嬉しそうに顔を舐めた。マラキはシュネーを落ち着かせようと頑張っているが、シュネーの勢いは止まらない。フランチェスカが止めるまで、シュネーの猛攻は続いたのだった。

マラキは少し休むということで、フランチェスカはシュネーを連れて部屋を出て中庭へと向かった。

木の椅子に腰かけると、シュネーは椅子から飛び降りて花や草の匂いを嗅ぎながら忙しそうにしている。意味もなくグルグルと庭を駆け回っている元気なシュネーを見ているとフランチェスカは嬉しくなる。青空と自然に囲まれたエディマーレ男爵邸を眺めながら、フランチェスカはこれからの人生について考えていた。

エディマーレ男爵家にはマラキという立派な跡継ぎがいる以上、フランチェスカは結婚をして家を出ていくことになる。

今まで出会ってきた令息たちを思い出してはため息をついた。

レオナルド以上に素晴らしい男性と出会える気がしなかったからだ。文武両道、眉目秀麗、謹厳実直で非の打ちどころがない。いつもフランチェスカを気遣い、守ろうとしてくれた。誰よりもフランチェスカのことを想っていてくれたのだ。

最後はあんな形になり、フランチェスカは命を落としてしまったけれど、レオナルドが豹変したことも、フランチェスカになにを伝えたかったのかも気になっていた。

初めて見た彼の涙の意味を考えてしまう。

これからの未来に不安がないと言ったら嘘になる。シュネーのこともマラキにバレてしまったし、これから病に苦しんで怪我をして困っている人を見ても力になることができない。そんな心苦しさと戦っていかなければならないと思うと、今からフランチェスカは気が重かった。

しかし、以前のように振る舞えばシュネーを犠牲にすることになる。シュネーをあんなに苦しめて悲しませるなんて二度としたくないと思った。

「ねぇ、シュネー。シュネーはどうして私を選んでくれたの？」

『ワンッ』と元気よく鳴いたシュネーはフランチェスカの足元に飛び込んでくる。

シュネーを受け止めたフランチェスカが顔を擦り寄せると、太陽の匂いがした。

「シュネー、大好きよ」

これから新しいフランチェスカの人生が始まる。フランチェスカはシュネーを抱きしめながら目を閉じた。

# 二章　新しい人生

フランチェスカが、今度の人生ではシュネーを絶対に苦しめない、そう決意してからあっという間に六年の月日が流れた。

フランチェスカは今、城ではなくエディマーレ男爵邸で暮らしている。城にいた時よりも質素ではあるが、フランチェスカは毎日、幸せを噛みしめながら過ごしていた。豪華な食事もドレスも宝石もないけれど、大切な人たちに囲まれているからだ。

十四歳になったマラキも六年前の姿が嘘のように、背が伸びてあっという間にフランチェスカを追い越してしまった。骨張っていた体も今では筋肉がついて体格もよくなっている。それはフランチェスカの献身的な支えもあったが、マラキ自身の努力も大きいだろう。

マラキが十歳の時にはホワイトタイガーの聖獣、ベネットと契約して帰ってきた。マラキによればベネットは心優しいが気難しいレディーらしく、家に来た時に両親に向かって吠えたのだが、そのあまりの迫力に父は腰を抜かして母は気絶した。その美しく白い毛並みと黒い縞々(しましま)に釘づけになったフランチェスカは、すぐにベネットと仲よくなった。大きな獣型の聖獣はグレイシャーで慣れているのもあるだろう。

今もシュネーは忙しなくベネットの周りを回って、遊んでとアピールしている。ビビとリリーもネコ科同士なので、ベネットと仲がいい。

それにベネットは、ビビとリリーの能力を併せ持った氷と水の能力を使うことができる。

ベネットはシュネーを子供のように思っているのか、いつも一緒にいてベッタリだった。

「ベネットは今日もシュネーと一緒なの?」

「そうみたい」

マラキの視線の先、日向ぼっこしているシュネーをベネットは見守るように佇んでいる。ベネットはシュネーとも仲よくしてくれるし、フランチェスカがプレゼントしたピンクのリボンを気に入ってくれているようで、いつも首元につけている。

それと同じブルーのリボンをシュネーは首元につけていた。その微笑ましい光景を見るたびにフランチェスカは安心する。

それともうひとつ大きな変化といえば、エディマーレ男爵家をマラキと協力しながら立て直したことだろう。なんといってもフランチェスカには、一度目の人生で王妃教育を受けて蓄えた知識がある。少々ずるいかとも思ったが、フランチェスカは引き継いだ知識を使って父に助言をしていた。

これから事業を成功させていく貴族に力を貸すことで得をしたり、また関わらない方がいい貴族を徹底的に避けるようにしたりすることで、赤字続きだったエディマーレ男爵家の財政が次第に潤い始めた。

その資金を使って農地を拡大し、新しい作物を育てた。自然豊かな土地を利用して観光業も始めている。

父は年頃のフランチェスカに新しいドレスやアクセサリーをと言ってくれたが、今はエディマーレ男爵家を立て直すことが最優先だと首を横に振った。以前は家族を大切にできなかったため、罪滅ぼしをしたかったのかもしれない。

エディマーレ領の民たちにも協力してもらったので、収穫量は年々増えて右肩上がりだ。不当に取られた領地を取り返したこともあり、エディマーレ男爵家の名前は社交界にも広がっていった。

そして、シュネーとフランチェスカの力は人だけではなく植物も元気にできるという新たな発見もあった。育てるのが難しいと言われていた異国の果物がエディマーレ男爵家だけでは元気に育つのも、シュネーのおかげだろう。

この力はマラキにだけ伝えており、今後フランチェスカとシュネーの力がなくなっても問題ないように肥料を取り寄せたり、果物が育つように温室を作り、育て方を研究したりと対策は講じている。珍しい果物は王都で流行り、人気になっていると聞いた。

シュネーはというと相変わらずボールのように跳ねて飛んでと、元気よく庭を走り回っている。体が泥や土で薄汚れることはあっても、部屋の隅で動かなくなることはない。

毎回、記憶と照らし合わせながらシュネーのことを見守っていた。

（もし突然、シュネーの具合が悪くなったらどうしましょう）

そう考えて首を横に振った。もう二度とシュネーを悲しませたくないと誓ったあの日から、フランチェスカは周囲の幸せを第一に考えていた。フランチェスカもシュネーも城にいた時よりもずっと自由で幸せだ。

ただひとつ、ぽっかりと心に穴が空いているのは、レオナルドとグレイシャーと接点がないからだろう。エディマーレ男爵邸にも時折レオナルドの噂は届くのだが、彼に新たな婚約者がいつできるのかとフランチェスカはソワソワしていた。

しかしレオナルドには婚約者どころか浮いた噂のひとつもない。キャシディの名前を聞かないことも不思議に思っていた。

（今頃、キャシディ様はなにをやっているのかしら……）

なんせ田舎すぎて王都の噂はほとんど流れてこない。それが救いでもあるのだが、気にならないかと言えば嘘になる。

（レオナルド殿下のことは、もう忘れましょう！）

フランチェスカは腕まくりをしながら、泥だらけのシュネーを抱えて近くの川に向かったのだった。

フランチェスカが丸洗いされてくったりとするシュネーを抱えて邸に戻ると、父と母が肩を寄せ合ってなにかを見つめながら嬉しそうにしていることに気付く。

両親はフランチェスカの姿を見つけると大きく手を振った。手招きしているのを見てふたりのもとに駆け寄る。

「お父様、お母様、どうかされましたか？」

「これを見なさい！　フランチェスカ」

父から差し出された豪華な封筒には王家の紋章で封蝋が押されている。

「これは？」

「城で急遽開催することとなった舞踏会の招待状だ」

「こんな時期に舞踏会ですか?」

フランチェスカは、シュネーの体の水分を布で拭き取っていた手を止めて顔を上げる。

「表向きは舞踏会だが、レオナルド殿下の婚約者探しだろうな」

「そうねぇ、以前王都に果物を献上しに行った時に王妃陛下が嘆いていたから今回は思い切ったのね!」

「フランチェスカも年頃だし、たまには華やかな場に顔を出すのもいいのではないか? 新しい出会いがあるかもしれないぞ?」

「……はい」

十六歳となり、結婚を意識していないわけではない。ただなんとなくいい出会いもなく、ずるずるとここまで来てしまった。

「さて、いつも頑張ってくれているフランチェスカのために色々と買い揃えよう!」

「お父様、ですが……!」

「僕も賛成。新しいワンピースもアクセサリーも買いに行ったら? 姉上はもっとわがままを言ってもバチは当たらないよ」

「……マラキ」

いつから話を聞いていたのか、カゴいっぱいのフルーツを運んでいたマラキが窓の外から顔を出す。

「エディマーレ男爵家のために頑張ってくれてありがとう。あなたには苦労ばかりかけているから今度はフランチェスカにも自分の幸せを掴んでほしいわ」

「お母様、ありがとうございます」

家族の温かい言葉に後押しされ、目元にじんわりと浮かぶ涙を拭った。フランチェスカはいつまでもエディマーレ男爵家にいることはできない。エディマーレ男爵家のためにも、折角ならばいい家と繋がりを持たなければと考えていた。

そんなフランチェスカの考えを見通していたのか「家のことは考えなくてもいいから、フランチェスカの幸せを第一に考えてちょうだいね？」と、母に有無を言わせぬ笑顔で言われてしまい、フランチェスカは頷くしかなかった。

（こうなったら皆のためにも舞踏会で素敵な令息と出会って恋をするのよ！　会場にいるどの令嬢よりも輝いてみせるわ）

気合いを入れたフランチェスカは一週間ほど王都に滞在してから舞踏会に出て、エディマーレ男爵邸に戻ることにした。

今、エディマーレ男爵家では侍女と護衛を雇えるくらいの余裕ができていた。

侍女のヤナと護衛のポールとは、前の人生で出会った。城にいる頃、フランチェスカが治療している時に心優しい彼らを掬い上げたのだ。

ヤナは孤児院の子供の面倒をよく見ていた平民の少女で、何度もフランチェスカのもとに子供を抱えてやってきた。顔を合わせるうちに仲よくなり、侍女として迎え入れた。

ポールも同じような理由で雇い入れた。治療の際に城まで来られない老人を抱えて何往復もしていた。正義感が強く優しいポールは幼い妹や弟を養うために必死に働いているという事情を聞いたフランチェスカは、レオナルドに頼み、そばに置いてもらった。

しかしフランチェスカのそばにいることで、ふたりに迷惑をかけてしまうと気付いたのはそれからすぐのこと。フランチェスカを嫌う令嬢たちに難癖をつけられたり、嫌みを言われたり、肩身の狭い思いをしているようだった。ヤナに関しては手を出されて頬を腫らしたこともある。

ヤナとポールは気にしていないと言っていたが、フランチェスカはそのことを心苦しいと思っていた。これ以上、苦しませるくらいならと、ふたりの反対を押しきって別の仕事を紹介してフランチェスカのそばからは離れさせることにした。

フランチェスカはポールとヤナの意見を無視して勝手をしてしまったことや、最後までふたりを守れずにいたことがずっと心に引っかかっていた。

だから二度目の人生で、父が王都に行く際についていき、ヤナとポールを捜して声をかけたのだ。こうして再びふたりを雇い入れることで少しでも罪滅ぼしになればいいと思った。

王都からエディマーレ男爵領は遠いが、ふたりはついてきてくれた。

フランチェスカはヤナとポールを連れて久しぶりに王都を歩きながら買い物をしていた。この後、宿に到着したらそれぞれヤナとポールは王都に住む家族のもとへ向かう予定だ。

(今回は清楚に見えた方がいいわよね。なにを着ても田舎貴族って馬鹿にされてしまうだろうけど。このアクセサリーは値段の割に高見えするわ！　あっ、このドレスもお買い得……でも色はあっちのドレスの方がいいかもしれないわ)

両手にドレスを持ちながら真剣に考え込むフランチェスカの耳に届いたのは、気になる話だった。

「ねぇ……知ってる？　グレイシャー様の元気がないそうなの」

「ええ、聞いたわ。グレイシャー様の張る結界が弱まって、辺境には魔獣が入り込み始めているんでしょう？」

フランチェスカはその言葉に顔を上げた。心臓がドキリと音を立てる。

グレイシャーが弱っているというのも初耳だったが、辺境に魔獣が入り込んでいるという話を聞いてゾッとした。エディマーレ男爵領は辺境に近いから、もしグレイシャーの結界がなくなれば、男爵領も危険に晒されてしまう。

「国になにかあるかもしれないって時に舞踏会を開くんですって！　お貴族様は呑気よねぇ」

「ほんとほんと。ありえないわ」

フランチェスカはその言葉にドレスを選んでいた手を止めた。そして女性たちのもとに近付いてふたりを引き留めた。女性たちはフランチェスカが貴族だと気付いたようだ。罰を受けると思ったのか、泣きそうになって身を硬くしている。

しかしフランチェスカにとって、そんなことはどうでもよかった。

フランチェスカはふたりに、グレイシャーや王家の状況について知っている限り話してほしいと頼んだ。女性たちは戸惑っていたが、フランチェスカにグレイシャーの様子について話してくれた。

つい数カ月前から公の場所に出る機会が減っていったグレイシャー。神獣のグレイシャーが体調を崩すことはなにか悪いことの前触れではないかと王都では噂されている。

今はレオナルドがグレイシャーに付き添っているそうだ。

（王家から正式な発表はなかったけど……そんな大変な状況なのに、どうしてこのタイミングで舞踏会を？）

レオナルドの婚約者を作ることでマイナスイメージや不安を払拭しようというのなら、些か強引すぎる気もするが、それだけ追い詰められているということだろうか。フランチェスカがレオナルドと婚約していた時にグレイシャーが体調を崩したことはない。むしろこの時期に体調を崩していたのはシュネーである。

（他の聖獣たちは大丈夫なのかしら。やっぱり城に原因があるの？）

以前と同じことが起こっている事実にフランチェスカは驚きを隠せなかった。話し終えた女性たちは、フランチェスカに一礼して去っていってしまった。

具合が悪いグレイシャーを放っておくことなんてできはしない。結界が弱まれば、エディマーレ男爵領だって危険だ。どうにかしてグレイシャーに近付けないか考える。

フランチェスカはもうレオナルドの婚約者ではない。でも治癒の力を持つことは明かしたくはない。

フランチェスカはドレスを選ぶことも忘れて考え込んでいた。

（舞踏会でこっそりグレイシャーに近付いてシュネーと共に治療するのはどうかしら？　そうと決まれば、当日は動きやすいこのドレスを選んだ方がいいわね）

目の前にある薄水色のドレスを手に取ると、カバンに入っていたシュネーが、フランチェスカの気持ちに同意するように顔を出した。丸い目でこちらを見ながら小さな舌を出している。

「バレないように隠れて治療すればいい。シュネーもそう思うでしょう？」

『アンッ！』

「そうよね！　いつものようにこっそりとね」

そう言ってシュネーの頭を撫でた。フランチェスカはこれまでも、噂にならない程度に病や怪我を隠れて治療していた。もちろんシュネーの力がバレないようにこっそりと、だ。

『うちの子の咳が止まらないんです。もう一週間もずっと苦しんでいて見ていられないわ！』

『働き盛りなのに事故にあって足が動かないんだって。かわいそうに……』

『隣の家、赤ん坊の熱が下がらないんだってさ。奥さんの顔色は悪くなるばかりで』

フランチェスカはそんな噂を耳にすると、シュネーと共にそこに向かって、バレないように治療を行っていた。

『もう大丈夫だからね』

金色の光が患部に吸い込まれていくと、症状がよくなっていく。疲労感は残るものの、安心したような笑顔を見るとフランチェスカは嬉しくなる。シュネーもご機嫌で走り回っていた。

（せめて、私の手の届く範囲では苦しむ人がいませんように……）

シュネーもそれを望んでいるような気がした。

そのおかげがフランチェスカとシュネーの噂は広がることはなく、代わりに『エディマーレ男爵領では奇跡が起こる』という噂が広まった。

この噂を利用して観光業にプラスになったのも大きいだろう。

フランチェスカは買い物を終えて、外で待っていたヤナとポールを連れて泊まっている宿に戻った。家族のもとに向かうふたりを送り出した後に、フランチェスカは町娘に変装してグレイシャーについて情報収集を行い、ヤナとポールが戻るまでに宿に帰るということを舞踏会の日まで繰り返した。

舞踏会当日、ヤナはフランチェスカの姿を見て首を捻る。

「フランチェスカお嬢様、やはりこのドレスは少し地味ではないでしょうか？」

「そうかしら？　でもこの方が動きやすいでしょう？」

「大切なのは動きやすさではなく、フランチェスカお嬢様を幸せにしてくださる令息を見つけることとです！」

確かにシンプルで目立たないかもしれないが、薄水色のドレスは清楚で控えめに見える。それになんといっても生地が薄くて軽いから動きやすい。ヤナにそう訴えかけるも納得できないようで眉をひそめている。

フランチェスカももう少し煌びやかなドレスを着て、まだ見ぬ素晴らしい令息と出会えればと思っていた。しかしグレイシャーの体調がよくないと聞いて放っておくことなどできない。フランチェスカにとって今でもグレイシャーは大切な存在なのだ。

一度目の人生で、フランチェスカが疲弊していた時には寄り添い、落ち込んでいたり泣いたりしていた。フランチェスカはもっと早く潰れていただろう。レオナルドやグレイシャーがいなければフランチェスカはもっと早く潰れていただろう。

「旦那様にも奥様にも、フランチェスカお嬢様は絶対に遠慮をするから、いつもの何倍も贅沢をさせてくれと頼まれているのです！」

「私は十分、贅沢をしているわ」

「いくら派手で豪華なドレスを着ていたって内面は透けて見えてしまうわ。それになんの力も持たない田舎令嬢なのに気合いが入りすぎだって馬鹿にされるだけよ」

今、フランチェスカとシュネーはなんの能力も持っていないということになっている。それでもフランチェスカとシュネーを見捨てることなく、「きっとフランチェスカとシュネーを受け入れてくれる人が現れるから大丈夫」と寛容な態度でいてくれる両親には感謝している。

フランチェスカとシュネーの力を知っているのはマラキだけだ。

力がないことを理由に令嬢たちもフランチェスカと仲よくしようとはしないし、この年になっても結婚の申し込みはない。

エディマーレ男爵家には跡継ぎであるマラキがいるし、フランチェスカは〝訳あり令嬢〟として扱われているのは知っていたが、シュネーを守るためならそれでいいと思っていた。

社交界にも表舞台に顔を出すのも最低限だったフランチェスカだが、年齢的にもそろそろ婚約者は欲しいところだ。しかし、なかなかうまくいかない現実がある。

「どうしてこんなに素晴らしいフランチェスカお嬢様のことを見初めてくださらないのでしょう。私は納得できません！」

「ヤナ、大袈裟よ……！」

「いつも自分の身を犠牲にして周囲の幸せばかり考えて、私たちはフランチェスカお嬢様に幸せになってもらいたいのです！」

「ヤナ……」

ヤナの言葉にフランチェスカの胸がじんわりと温かくなる。

「フランチェスカお嬢様は控えめで皆のために尽くしてばかりで心配になります。こんなに心が綺麗で美しい方は他にいないのに」

「ふふっ、いつも気遣ってくれてありがとう」

「気遣いではなく、私は本当のことしか言いませんから！」

「わ、わかったから落ち着いて！」

ヤナは怒りに頬を膨らませながらフランチェスカの髪を細部まで整えている。

「まさか……フランチェスカお嬢様、なにか企（たくら）んでいるのではないですか？」と鋭い指摘をするヤナに、フランチェスカの肩がびくりと跳ねる。

ごまかしながらヤナを説得するために口を開いた。

「な、なにもないわ！　緊張しているだけよ」

「……本当ですか？」

「本当よ。エディマーレ男爵家のためにも、自分のためにも頑張りたいの」

フランチェスカはシュネーを抱えて立ち上がる。

「大丈夫よ、ヤナ」

フランチェスカがヤナに笑顔を向けながらそう言うと、ヤナは小さなため息をついた後に腰を屈めてシュネーと視線を合わせてから口を開いた。

「シュネー、フランチェスカお嬢様をお願いね」

『ワンッ！』

「そんなに心配しなくても私は平気だから」

「そう言って、いつも無理ばかりなさって！　私は会場にはお供できませんから、しっかりなさってくださいね」

「わかっているわ」

「フランチェスカお嬢様にはきっと今日、素敵な出会いがある……そんな気がします」

「ふふっ、ありがとう」

王都の宿で支度を終えて一緒に馬車に乗り、城に到着したフランチェスカは、馬車を降りてヤナに手を振った。興奮して駆け出そうとするシュネーを抱えながら階段を進んでいく。

フランチェスカはエディマーレ男爵領にいて、最低限のお茶会やパーティーにしか参加したことがない。訳あり令嬢のフランチェスカの姿を物珍しく感じるのか、周囲からはじっとりと観察するような居心地の悪い視線を送られていた。

(私、どこか変なのかしら？　ドレスが地味な分、ヤナにメイクと髪型をしっかり整えてもらったつもりだけど)

フランチェスカは壁際に移動したが、まだジロジロと見られているような気がした。たまには令嬢たちと話してみようと思ったけれど、彼女たちは気合いを入れていて戦闘モードである。

(今日は話しかけるのはやめておきましょう)

フランチェスカは笑みを貼りつけながら会場を移動していく。

これでもかと着飾っている他の令嬢たちと違って、シンプルな薄水色のドレスはフランチェスカの魅力をうまく引き出していた。ヤナが施してくれた艶やかなメイクと綺麗にまとめた髪も相まって、フランチェスカは注目を浴びていた。

王妃教育を受けていたフランチェスカは体に染みついている洗練された美しい所作がどことなく表れているのだが、本人はそのことに気付いていない。

（このままだと動けない……なんだか見られているような気がするし、予想外だわ）

すぐにグレイシャーを捜しに行こうと思っていたフランチェスカだったが、注目を浴びているこの状況では不可能だろう。作戦を変更してシュネーを下ろしたフランチェスカが「シュネー、グレイシャーを捜せる？」と小声で告げると、シュネーは元気よく中庭の方に走っていった。

（シュネーは大丈夫かしら……）

時が戻る前まではずっと一緒にいた二匹だが、今回が初対面だ。シュネーを送り出して振り向くと、大勢の令息に囲まれていることに気付いたフランチェスカはギョッとして顔を引き攣らせた。

令息たちのあまりの勢いに固まってしまう。以前はレオナルドという婚約者がいたフランチェスカにとっては初めてのことばかりなのだ。失礼があればエディマーレ男爵家の評判に直結してしまうと思ったフランチェスカは、すぐに笑顔を作って丁寧に挨拶をする。

「皆様、はじめまして。フランチェスカ・エディマーレと申します」

そう挨拶すると「エディマーレ男爵家のフランチェスカ嬢か！」「君があの噂の令嬢か」と聞こえてくる。

今のフランチェスカは男爵領からあまり出ないので情報に疎い。訳あり令嬢として避けられると思い込んでいたフランチェスカは、自分の名前が令息たちに知られているとは思わなかった。名前を告げた途端、令息たちの熱量は増していく。

頬を紅潮させている令息たちに言葉を失っていると、彼からが一斉に話しかけてくる。

「フランチェスカ嬢、僕と踊ってくれないか？」

「君はこの会場で一番美しい……！」

「今度オレの屋敷に来てくれ！　君に見せたいものがあるんだ」

「一緒に買い物をしないか？　フランチェスカ嬢に似合うドレスがあるんだが」

フランチェスカは苦笑いをしながら令息たちのアピールを躱していた。誰がこうなることを予想しただろうか。

（どうしましょう……シュネーも戻ってこない。心配だわ）

フランチェスカは男爵家の出身だ。ここにいる令息はほとんどがフランチェスカよりも家格が上である。無下にすることもできずに戸惑っていた。

「その子に話があるの……いいかしら？」

刺すような視線を感じてフランチェスカは顔を上げた。

（……キャシディ・オルランド！）

蛇の聖獣、マレーがシャーッと音を出して令息たちを威嚇している。令息たちはキャシディの姿を見てすごい勢いで身を引いた。

（そういえば前の人生でキャシディ様について悪い噂があったけど、今回もそうなのかしら……。帰ったらヤナに聞いてみましょう）

キャシディは複数人の令嬢を引き連れているが、その令嬢たちも彼女と距離を取っているように見える。コソコソと囁くようにフランチェスカの悪口を言っていることだけはよくわかった。

（ここはなにも変わらないのね……）

フランチェスカを囲んでいた令息たちの中に狙っている人物でもいたのだろうか。それかフランチェスカをもてはやしているのを見て、悔しい気持ちでいるのかもしれない。相変わらずのやり方にため息をついた。しかしここで怯むことはない。

（弱い部分を見せたら負けよ）

もうレオナルドの婚約者候補ではないため威圧して追い払うことはできないが、以前身につけたものは存分に活かせる。

「見ない顔だけど、お名前は？」

「フランチェスカ・エディマーレです」

フランチェスカは笑顔で答えた。キャシディはフランチェスカを値踏みするように上から下まで見ている。後ろにいる令嬢たちからも居心地の悪い視線を感じていた。

「ふーん、訳あり令嬢ね。キャシディ・オルランドよ」

キャシディはそう言ってニタリと唇を歪めた。フランチェスカは震えそうになる腕を押さえる。

「あら？　フランチェスカ様の聖獣は？」

「えっと、外に……」

「まぁ！　ここは男爵領ではないというのに随分と躾がなっていないのね」

「本当ね！　外で駆け回っているのかしら？」

「主人に似るというけれど、あなたも噂通りなんの力も持たない無能なの？」

「あははっ、そうね。そんな方にアピールするなんて。美しいだけでなんの力もない子と結婚したいのね」

キャシディの言葉に、先ほどの令息たちは苦虫を噛み潰したような表情で去っていく。

容赦なくフランチェスカを潰そうとする令嬢たちの声を久しぶりに聞いて、冷や汗が滲む。思い出すのは、過去のはずなのにフランチェスカの脳裏に焼きついている悲しみの記憶。

こうしてフランチェスカが笑われていたとしても誰も助けてくれる人はいない。先ほどの令息たちもそうだ。ただ見ているだけ。シュネーがいないこの状況がフランチェスカの不安をさらに煽る。

顔を伏せたフランチェスカの耳に届くのは、以前と変わらない悪意に満ちた言葉だけだった。このまま黙って時が過ぎるのを待つしかない。そう思っていたフランチェスカが涙をこらえながら耐えていると、どこからかフランチェスカを庇う声がかかる。

「フランチェスカ嬢が困っている。それにこんなところで立ち止まっていては迷惑になってしまうのではないか？」

アイスグレーの髪がライトで光り輝いて見えた。優しい声色で久しぶりに呼ばれた名前。スカイブルーの瞳と目が合った瞬間に、フランチェスカは笑顔を作ることも忘れて魅入られたように動けなくなった。

「レ、レオナルド殿下よ……！」

「わたくしたちはフランチェスカ様と仲よくしようとしただけですわ」

「そうですわ！　ねぇ、キャシディ様」

「……………ええ」

一瞬だけ、キャシディのエメラルドグリーンの瞳が赤く光ったような気がしたが、フランチェスカが瞬きした瞬間に元に戻ってしまった。

（気のせい、よね……？　もしかしてキャシディ様も誰かに操られているの？）

フランチェスカにはレオナルドが別人になった時と同じように見えてしまう。

キャシディは何事もなかったかのように笑みを浮かべながらレオナルドと話している。

「ごきげんよう。レオナルド殿下」

「キャシディ、こういうのはやめてくれと何度言ったらわかるんだ」

「あら、なんのことかしら？」

今、レオナルドはキャシディと仲よくないのだろうか。ふたりの会話を聞いて、以前と違った刺々しい雰囲気を感じて不思議に思う。

やはりフランチェスカがまだまだ知らないキャシディの一面があるのだろうか。

（私、今思えばキャシディ様のことを全然知らないわ……）

情報収集をする必要があると思うのと同時に、間に入ってくれたレオナルドの行動に心を揺さぶられていた。

久しぶりに見るレオナルドの姿はあの時のままなにも変わらないが、少しだけ顔色が悪いように思えた。

レオナルドは心配そうにフランチェスカを見た後に、キャシディから庇うようにフランチェスカのそばに立ち、手を伸ばしてくる。

フランチェスカは今までレオナルドと関わらないようにしてきた。しかしここでレオナルドの気遣いを無駄にできないと、伸ばされた手を震える手のひらで掴む。久しぶりに触れたレオナルドの体温にフランチェスカは懐かしさを感じて、溢れ出しそうになる気持ちを抑え込もうとわずかに唇を噛む。

レオナルドはフランチェスカを誘導するように手を引いて体を引き寄せた。令嬢たちから嫉妬の込められた視線を送られたが、この場を抜けるためにレオナルドに身を寄せた。

「フランチェスカ嬢、こちらへ」

「あ、ありがとうございます」

レオナルドに手を引かれるままフランチェスカは歩き出した。懐かしい匂いと手の感触。込み上げてくるものを抑えながら、フランチェスカはレオナルドの後に続いて人気（ひとけ）がないテラスに足を進めた。

「レオナルド殿下、あの……」

「君はあまりパーティーには顔を出さないから驚いただろう?」

「私のことを、知ってくださっていたのですか?」

「もちろんだ」

フランチェスカはキュッと唇を噛んだ。レオナルドの真面目で真っ直ぐで誠実な姿がずっと好きだったと改めて思い出した。

彼はほとんど話したことがないフランチェスカのことを覚えていてくれる。だがレオナルドと関わらないと決めた以上、ここに長居は無用だ。

窓を挟んでもわかるほどに令嬢たちの視線が痛い。チラリと後ろを振り向けば、キャシディもこちらを見ていることに気付いて肩を竦めた。そんな様子に気付いたからか、レオナルドが窓際で待機していた騎士たちにカーテンを閉めるように指示を出す。

レオナルドの婚約者だった時は、フランチェスカは今のように令嬢たちにかなり嫉妬されて嫌がらせも受けていた。今回のパーティーではあまり目立たないように過ごそうと思っていたのに、なぜかまたレオナルドとふたりきりになってしまった。

しかし会場に戻ってキャシディたちに再び囲まれてしまえば、グレイシャーのもとには行けない。

（シュネーはグレイシャーのもとに辿り着けたのかしら……心配だわ）

フランチェスカが心配でソワソワしていると、レオナルドが「もう少し落ち着くまではここにいた方がいい」と呟いた。

「もうすぐダンスの時間が始まる。そうなれば君も動きやすくなるだろう」

「……はい」

「俺が関われば君に迷惑をかけてしまうと思ったが、黙って見ていることができなかった。すまない」

レオナルドはテラスにもたれながらそう言った。

「いいえ、助けてくださりありがとうございます。皆様の気に障るようなことをしたつもりはなかったのですが」

「そうだろうな。あのようなやり方は俺も好きじゃない」

レオナルドはそう言いながらどこか遠くを見つめている。彼が言っていた通り、ダンスが始まったのか音楽が聞こえてくる。

「レオナルド殿下は、行かなくてもいいのですか？」

「ああ……心配事があって、今はそんな気分になれないんだ」

「そうですか」

フランチェスカはすぐにグレイシャーのことだと思った。

よく見れば目元に深い隈が刻まれている。確かにグレイシャーの具合が悪くなれば、婚約者を決めるための舞踏会も集中できないだろう。レオナルドと同じようにフランチェスカもただ黙って外を眺めていた。

「君は……なにも聞かないんだな」

「……え？」

「グレイシャーのことも、俺のことも」

レオナルドはそう言って微笑んだ。その表情は見ていて痛々しい。彼の苦しそうな表情を見るのは、フランチェスカがレオナルドの剣で体を斬られた時以来だろうか。

『──フランチェスカッ！』

あの時のことを思い出したフランチェスカは思わず腹部を押さえた。冷や汗が滲む。

「フランチェスカ嬢、顔色が悪いが大丈夫か？」

「なんでも、ありません」

「なにか辛いことでも？」

「いえ……辛いのはレオナルド殿下の方ではないでしょうか？」

「……え？」

フランチェスカがそう言うと、レオナルドは心底驚いたように目を見開いた。スカイブルーの瞳は動揺からか大きく揺れ動いている。

（た、大変……！　つい余計なことを言ってしまったわ！）

フランチェスカがどうしようかと迷っていた時だった。

「俺はフランチェスカ嬢のことが契約の儀からずっと気になっていた。いつかはこうして話したいと思っていたんだ」

「契約の儀からですかっ⁉」

「ああ、涙を流しながら聖獣を愛おしそうに抱きしめる子は初めて見たんだ。その表情がかわいらしいと思っていた。今もよく覚えている」

「かわ、いい……？」

フランチェスカはレオナルドの言葉に呆然とする。こんな風にレオナルドが自分の気持ちを話すのは珍しいことではないだろうか。それに契約の儀といえば、もう六年前の話だ。

「フランチェスカ嬢は誰かと婚約しているのだろうか？」

「いえ、婚約者はいませんけど……」

「そうか！　よかった」

フランチェスカがそう言うと、レオナルドの表情がパッと明るくなる。

レオナルドは契約の儀の時に声をかけようとしたが、フランチェスカがあっという間に去っていってしまい、話しかける機会を逃してしまったと聞いて、フランチェスカは驚いていた。

グレイシャーやレオナルドと関わらないように父を連れて早足で会場を後にしたからだ。

「ずっと君に話しかける機会を窺っていたが、フランチェスカ嬢はお茶会やパーティーにはあまり出席しないのだろう？」

「それは……」

「それにフランチェスカ嬢は積極的に社交の場に出ないから、もう婚約者がいるのではないかと噂で聞いたんだ」

「わ、私に婚約者ですか？」

その他にも好きな人がいるらしいと聞いたレオナルドは、ほとんど顔を合わせたこともないのに手紙を送るわけにもいかず、ずっとやきもきしていたそうだ。

「それでも六年間、忘れられずにいた。でもこうして話してみて確信したんだ」

彼の顔が目の前にあり、フランチェスカは驚きから体を硬くした。レオナルドのゴツゴツとした手のひらがフランチェスカの頬をそっと撫でる。

「フランチェスカ嬢、俺は君のことが気になって仕方ないようだ」

「レオナルド、殿下……？」

「ここで再会できて本当によかった。婚約者がいないと聞いて安心したよ。こんな気持ちになったのは初めてなんだ」

空と同じ美しいスカイブルーの瞳はフランチェスカを離さない。どう返答すればいいかわからずに戸惑っていると、レオナルドはさらに言葉を続けた。

「君のことをもっと教えてくれないか？」

その言葉にフランチェスカの心臓がドキリと跳ねる。今まで力がバレることを恐れて、積極的に人と関わることを避けてきた。

だから、ここに来てレオナルドの方から近付いてくるとは思わなかったのだ。

フランチェスカは思いもよらない状況に混乱していた。

こんな時に限ってヤナの『フランチェスカお嬢様にはきっと今日、素敵な出会いがある……そんな気がします』という言葉を思い出す。

それにフランチェスカの力について知らないし、グレイシャーと関わったことも知らないはずなのに、レオナルドがフランチェスカに興味を示すとは思ってもみなかった。

(どういうこと……?)

フランチェスカは確認の意味を込めてレオナルドに問いかける。

「私は聖獣の力を使えませんから」

「そんなのは関係ない。もし気にしているなら一度、城で見てもらうといい。聖獣に詳しい研究者たちがいて君の力になれるかもしれない。フランチェスカ嬢がよければ俺が話を通すが」

「……あの、えっと」

城に研究者たちがいるのをフランチェスカも嫌というほど知っている。今の発言から考えると、レオナルドはフランチェスカと聖獣のシュネーに力がない訳あり令嬢という噂を知った上で声をかけてきたことになる。

「レオナルド殿下、お気遣いありがとうございます。でも私は……」

フランチェスカがそう言いかけた時、遠くの方から『ヴー、ワンッ!』と低く威嚇するような声が頭の中に響く。契約している聖獣にもよるが、フランチェスカとシュネーは離れていても意思疎通ができる。シュネーが呼んでいる、そう思った。

「シュネー……？」

「フランチェスカ嬢？」

シュネーになにかあったのかもしれない。

駆けつけたいけれど、会場に戻ればレオナルドとフランチェスカがテラスから出てくるのを待っている令嬢たちや、ダンスを誘おうとしてくる令息に足止めされてしまう。そう思ったフランチェスカはテラスの立派な柵に手をかけて下を覗き込んだ。

幸い、二階ではあるが飛び降りられない高さではない。

（下は柔らかそうな草だわ。よし、いける！）

覚悟を決めたフランチェスカは振り返った。

「レオナルド殿下、私は急用ができましたので、この辺で失礼いたします！」

そして挨拶してから手を軸にして体を持ち上げ、テラスから飛び降りたのだった。

「フランチェスカ嬢……っ!?」

レオナルドがフランチェスカの名前を呼ぶ声が聞こえたような気がしたが、今はシュネーのことで頭がいっぱいだった。

遠くから聞こえる声を頼りにしながらシュネーのもとへ走っていく。やはり動きやすいドレスにして正解だったと思った。

ドレスの裾を持ち上げながら壁と壁の間を縫って進み、日が当たらない狭い道を通って、シュネーの姿を捜す。

「シュネー、返事をして！　どこにいるの？」

フランチェスカの声に反応するようにシュネーが再び『ワンッ』と鳴いた。先ほどよりも大きく聞こえ声の方に足を進めていくと、そこには体を伏せているグレイシャーとその周りを忙しなく歩き回っているシュネーの姿があった。どうやらシュネーはグレイシャーを見つけてくれたようだ。

「グレイシャー、シュネー……！」

フランチェスカはぐったりしているグレイシャーに気付いて駆け寄った。

グレイシャーの後ろ足から腹部にかけて、黒い煙がまとわりついているような気がした。フランチェスカが目を擦って再びその部分を見てみると黒い煙はなくなっている。気のせいかと思ったが、その黒い煙には見覚えがあった。

シュネーが魔獣になり、会場中を包み込んでいた時と同じものだ。黒い煙があると普段、体調を崩さない聖獣の具合が悪くなってしまうのではないだろうか。

（グレイシャーの具合が悪いのは、もしかしてさっき見えた黒い煙のせい……？）

フランチェスカが考え込んでいると、シュネーが『褒めて』と言わんばかりに舌を出してこちらへ駆け寄り尻尾を振っている。考えるのは後回しにしようと思い、フランチェスカはシュネーの頭を撫でてからグレイシャーにそっと触れた。

「グレイシャー、グレイシャー……私よ。聞こえる？」

フランチェスカの声に反応したのか、グレイシャーはゆっくりと顔を持ち上げた。海のような蒼瞳に以前のような輝きはなく、虚ろに見える。力なく倒れ込んだグレイシャーは瞼を閉じてしまった。

（……どうしてこんなことに！）

グレイシャーの姿が、次第に病に蝕まれていくシュネーの姿と重なってしまう。フランチェスカが思っていたよりも、グレイシャーの具合はずっと悪いようだ。

「シュネー！　すぐにグレイシャーを治療しましょう！」

元気よく飛び跳ねたシュネーは、グレイシャーの白銀の毛に埋もれるようにして体を寄せた。その上からフランチェスカは手を這わす。温かい力が流れ込んでくるのと同時に、フランチェスカも力を込める。次第に金色の光が漏れていき、グレイシャーを包み込んだ。暫く経つと、ずっと目を閉じていたグレイシャーが瞼を開いた。

「グレイシャー、気分はどう？」

『グゥー……』

「そう、まだ体が痛いのね。大丈夫よ、私たちが必ずあなたを治すから」

フランチェスカがそう言うとシュネーが尻尾を振りながらクルリと回る。

『ワンッ！』

いつもならばどんな怪我も病も楽になる頃合いではあるが、グレイシャーは少し動けるようになっただけで回復はしていない。フランチェスカが婚約者だった時に、グレイシャーがこんな風に体調を崩したことはなかった。グレイシャーの中の不安や悲しみが、手のひらを通してフランチェスカにも伝わってくるような気がした。

「グレイシャー、大丈夫よ」

グレイシャーを安心させるようにフランチェスカは声をかける。

力を込め続けているフランチェスカはいつしか汗だくになっていた。マナをいくら使ってもまだまだ足りないのだ。

それはグレイシャーが神獣だからかもしれないが、体を蝕む黒いものを少しずつ除去していくようなイメージでゆっくりと位置をずらしていく。

「はぁ……はぁっ」

しかし、治りきる前にフランチェスカのマナが尽きてしまう。シュネーも力を使いすぎたせいか、いつもの元気はなくなり、ぐったりとしていた。

（どうしましょう……まだまだグレイシャーがよくなるためにはマナが足りないわ）

体の中のマナが空っぽになる感覚に、フランチェスカはペタリとその場に座り込む。グレイシャーは体を起こして、フランチェスカの頬を撫でた後にシュネーを鼻で突いている。

「グレイシャー、ごめんなさい……あと何回かに分けないと無理みたい。でも絶対にあなたを治すからね」

フランチェスカの言葉に答えるようにグレイシャーは喉を鳴らした。そしてもう十分だと言いたげにシュネーとフランチェスカを包み込むようにして丸まった。

白銀の毛に全身を包まれあまりの気持ちよさに、フランチェスカの体から力が抜けていく。そして今まで感じたことのない重たい疲労感がフランチェスカを襲う。

「ねぇ、グレイシャー。ここで、少し休んでもいい？　ごめ……ん、ね」

フランチェスカは言葉の途中で意識を失うようにして眠りについた。シュネーもフランチェスカに寄り添い、目を閉じた。

◆◆◆

数年前から神獣であるグレイシャーの体調が悪くなっていき、今では部屋で寝てばかりいる。それと同時に王家の評判まで傾き始めて、批判を受けた国王と王妃は荒れた様子を見せていた。

レオナルドは懸命にグレイシャーに付き添うも悪化するばかりでよくなることはない。

しかしずっとグレイシャーのそばにいることもできずに公務に追われていた。グレイシャーが心配でたまらないのに、パーティーやお茶会では自らをアピールする令嬢たちの対応もしなければならない。目の前で蹴落とし合い、咎め合う様子を見てレオナルドの心は蝕まれ疲弊していく。

悪意が体の中で広がっていくような感覚にレオナルドの気分は落ちていく。もしかしたらグレイシャーの体調が悪くなったのは自分のせいかもしれない……と、自責の念に駆られていた。

そんな時に追い討ちをかけるように、国王が婚約者を決めるために舞踏会を開くという。

「父上、今はこんなことをしている場合ではありません！」

「色々な令嬢たちにグレイシャーを会わせてみればいい。こんなことになるのならばもっと早く手を打つべきだったのに……！」

「父上、話を聞いてください……！」

「すぐに招待状を送れ……！　研究者も医師も誰も原因がわからないと言う。神獣グレイシャーを失えば国が危機に陥り、民を魔獣たちから守れなくなってしまう」

国王はレオナルドにパートナーがいないからだと決めつけて聞く耳を持たない。王妃も具合の悪いグレイシャーを令嬢に近付けようとしている。レオナルドが止めても原因がわからないため、この方法に縋るしかないのかお構いなしだ。

（やめてくれ……！　グレイシャーはそんなことを望んでいるんじゃないっ）

その中でも公爵令嬢キャシディ・オルランドは、何度も何度も城を訪れてはグレイシャーのもとに通っている。グレイシャーの中に強い拒絶を感じ取って、レオナルドはキャシディを警戒するようになっていた。

なにかがおかしい、そう思ってもその正体がわからない。

キャシディはずっとレオナルドの婚約者候補だった。家柄も申し分なく、幼馴染で彼女のことはよく知っている。

グレイシャーが気に入ればキャシディが間違いなく婚約者になっていただろう。しかしグレイシャーはキャシディに近付くどころか姿を見せることもない。そんなグレイシャーの態度が気かかりだった。

キャシディはマレーと契約した十歳頃から、少し雰囲気が変わってしまったように思う。オルランド公爵家は代々、肉食獣の聖獣と契約していることを誇りに思っている。オルランド公爵家に生まれた令嬢として自分だけが小さな蛇と契約してしまったことに傷ついているのかと思い、ずっと彼女を気遣っていた。

それが原因なのか定かではないが、キャシディはレオナルドに近付こうとする令嬢がいるとすぐに圧力をかけて潰そうとする。レオナルドがすぐに気付いてキャシディに注意したことで少しは大人しくなったが、仲間の令嬢たちと共に好き放題にしているようだ。

レオナルドはそんなキャシディのやり方が好きではなかった。

なにかを含んでいるかのように笑顔が歪んでいる。レオナルドはキャシディを危険視するようになっていった。

舞踏会の数日前、城でキャシディに呼び止められた時だった。

『待っててくださいね。レオナルド殿下。必ずわたくしが、殿下の婚約者になってみせるわ』

『キャシディ……？』

キャシディの唇が大きく弧を描いている。

『グレイシャー様の気持ちは変わらないのね。でも、その選択を後悔することになる』

『キャシディ、なにを言っているんだ。これ以上、グレイシャーに負担をかけたくないんだ』

『やめないわ！　だってこの国で王妃にふさわしいのは、わたくししかいないんだもの』

『……な、にを』

こんな風に感情を露わにするキャシディを初めて見たような気がした。レオナルドは言葉が出ない。

『グレイシャー様だって、わたくしを認めなかったことを後悔するようになるわ。ウフフ、待ってくださいね。レオナルド殿下』

まるで聞く耳を持たないキャシディにレオナルドは驚きを隠せなかった。

不安が残る中、舞踏会は開催された。レオナルドの周りには我先にと令嬢たちが集まってくる。そんな中、自分と同じように人集（ひとだか）りができている場所があった。

（あれは……エディマーレ男爵家のフランチェスカ嬢）

契約の儀の時から姿を見ていなかったフランチェスカだったが、レオナルドが目を見張るほどに美しく成長していた。

弟のマラキとフランチェスカでエディマーレ男爵家を立て直したのは有名な話だった。表舞台には滅多に出てこない理由が『なにも力を使えない訳あり令嬢』だから、という噂を耳にしたことがあった。

しかし、聖獣はなんらかの力を必ず持ち合わせている。大体は能力の発現が遅いか、使い方がわかっていない珍しいパターンもある。フランチェスカもそのどちらかではないかとレオナルドは考えていた。

そして彼女の聖獣、シュネーがいないことに違和感を持った。フランチェスカが『シュネー……！』と呟いて、泣きながら小さくてかわいらしい聖獣を抱きしめる姿を見て心が揺さぶられた。レオナルドは数年経った今でもフランチェスカの表情を覚えている。

（あの子は、心から聖獣を愛しているんだな）

フランチェスカのかわいらしい姿が、レオナルドの心の中で強く印象に残っていた。

（彼女とは一度、ゆっくりと話してみたいな）

そう思っていた最中、今度はキャシディを含めた令嬢たちに囲まれて困っている彼女に声をかけた。自分が出ていけばフランチェスカに迷惑をかけてしまうかもしれない。けれど、彼女を放っておくことなんてできない。六年経った今でも、ずっと会いたいと思っていたからだ。

テラスへと連れていき、話してみると他の令嬢たちとは違い、話しやすいことに気付く。

『いえ……辛いのはレオナルド殿下の方ではないでしょうか？』

フランチェスカの言葉に心臓が跳ねた。誰にも気付かれないと思っていた胸の内をフランチェスカは簡単に見透かしたのだ。

『レオナルド殿下、私は急用ができましたので、この辺で失礼いたします！』

そう言ってテラスから飛び降りていったフランチェスカを見ながら、レオナルドは呆然としていた。彼女の姿を追おうと身を乗り出してみるものの、あっという間に走り去ってしまった。

レオナルドが会場に戻ると令嬢たちが我先にと寄ってくる。キャシディは一緒にいたはずのフランチェスカがいなくなったことに驚いている。後方でフランチェスカを待っていた令息たちは彼女がいないことを不思議に思っているようだ。

(フランチェスカ嬢はどこへ行ってしまったのだろうか)

レオナルドはフランチェスカのことばかり考えていた。ふと、重たくて押しつぶされそうだった気持ちが軽くなっていくような気がして、レオナルドは不思議に思ったのと同時に、彼女を逃したくないと感じる。

そしてパーティーの途中ではあったが、グレイシャーの気配を辿ってレオナルドは城内を歩いていく。中庭の端の方に見える大きな影。グレイシャーが外にいることに気付いて驚いた。最近では部屋の隅にいるばかりで動かなかったからだ。

レオナルドは焦りを感じてグレイシャーに近付いた。

「グレイシャー？　ああ、よかった。外に出ても平気なのか？」

レオナルドが声をかけると、グレイシャーはゆっくりと体を起こす。大切そうに抱えて守っているものが見えた瞬間、レオナルドは足を止めた。

「フランチェスカ嬢……？　グレイシャー、どういうことだ？」

レオナルドはその場で膝をついた。フランチェスカの隣にはまん丸の毛玉が張りつくようにして眠っている。レオナルドはすぐにいつもと違う様子に気付いた。目に見えてグレイシャーの体調がよくなっていたのだ。

「体調がよくなったのか？　いったい、どうして……」

レオナルドはフランチェスカに視線を送る。額は汗ばんでおり、明らかになにかの力を使った痕跡が残っている。

(まさかフランチェスカ嬢が？　あのグレイシャーが、体に触れさせるどころか守るように身を寄せているなんて)

グレイシャーは昔から婚約者候補として何人かの令嬢と会ってきた。その中でもキャシディ・オルランドが家柄、立場的にも申し分ないとして最有力候補だったが、肝心のグレイシャーが彼女に見向きもしないので婚約者になることはなかった。

他の令嬢たちもグレイシャーに近付こうとするものの、グレイシャーは拒絶する。婚約者候補の令嬢たちのリストから誰ひとりとしてグレイシャーが気に入る人物はいなかった。

しかしグレイシャーが気に入っている令嬢としてレオナルドは六年前のある出来事を覚えていた。契約の儀でグレイシャーが外に行って追いかけたものの、そこには誰もいない。グレイシャーがなにかを隠しているのはわかったが、特に触れることはなかった。

そして契約の儀の際に名前を呼ばれたフランチェスカ・エディマーレのドレスにはグレイシャーの毛がべったりとついていたのだ。契約の儀に他の聖獣はいない。あの場にはグレイシャーしかいなかったのだ。あの時、グレイシャーが隠していたのはフランチェスカではないかと思ったが、問いかけることはできないままだった。

そして今、グレイシャーが守るようにしてフランチェスカとシュネーを抱き抱えているのを見て、レオナルドは動揺していた。

グレイシャーがこんなにも心を許している令嬢がいるとは思わなかったからだ。フランチェスカならば……そう思ったレオナルドはグレイシャーの行動にさらに驚くこととなる。

「すぐに父上に報告を……」

『ヴゥー……！』

グレイシャーが唸り声をあげているのを見て、レオナルドは動きを止めた。グレイシャーがなにをしてほしいのかわかったからだ。

「このことは内密にしておけということか？」

レオナルドが問いかけるとグレイシャーはそうだと言わんばかりにグルルと喉を鳴らした。そして「うーん」と魘(うな)されているフランチェスカが眠りやすいように体勢を整えている。気持ちよさそうに眠っているフランチェスカを見ていると思わず笑みが溢れた。グレイシャーも優しい表情でフランチェスカとシュネーを見つめている。

その瞬間、グレイシャーにとって彼女たちが特別な存在なのではないかと思った。そしてフランチェスカとシュネーがなんらかの方法でグレイシャーを救ってくれたのだとも。

「グレイシャー、随分と体調がよさそうだな。それはフランチェスカとシュネーのおかげなのか？」

『グルル……』

「わかっているよ。このことは黙っている。誰にも言わない」

グレイシャーは納得したのか再び顔を伏せた。グレイシャーがレオナルドの問いかけに久しぶりに反応したことで安心していた。

レオナルドはホッと息を吐き出してから、彼らの目の前にあった椅子に腰かけてフランチェスカとシュネー、グレイシャーの様子を眺めていたが「レオナルド殿下、どこにいるのですか？」と遠くから名前を呼ぶ声がして立ち上がる。

このままではフランチェスカの安眠を妨げることになってしまうからだ。レオナルドは手を伸ばしてシュネーの頭を撫でてから、フランチェスカの髪をひと束掴んで唇を寄せた。

「……ありがとう、フランチェスカ嬢」

レオナルドの優しい声が耳に届いたような気がした。

「――っ⁉」

フランチェスカは勢いよく体を起こす。当然ではあるが、辺りを見回してもレオナルドの姿はない。

(今、レオナルド殿下の声が聞こえた気がしたけど、気のせいよね?)

フランチェスカは自分を納得させるように頷いた。レオナルドは舞踏会で今頃、令嬢たちと踊っているだろうと。ここにいるはずがないのだ。

どのくらい眠ってしまったのだろうか。グレイシャーにお礼を言ってからフランチェスカは立ち上がって、ドレスについた汚れを払い落とした。

少し離れた場所がザワザワと騒がしい。

もしかしたら舞踏会が終わってしまったのかもと思い、フランチェスカは慌ててシュネーを捜す。すると、シュネーはグレイシャーの白銀の毛の中に埋もれていた。

グレイシャーはフランチェスカを心配するようにこちらを見つめている。フランチェスカは先ほどよりもずっと元気になったグレイシャーを見て嬉しくなり、首元に抱きついた。

（グレイシャー、よかった。あと数回治療しなければならないけど、どうしましょう）

グレイシャーの長くサラサラとした毛を堪能しながら考えていると、表情に出ていたのか、グレイシャーが早く行った方がいい、と言いたげにフランチェスカの背を押した。

「でも、グレイシャー……」

グレイシャーの蒼瞳はフランチェスカを真っ直ぐに映している。『大丈夫』と言われている気がした。そしてグレイシャーの視線の先で白銀の毛に埋もれているシュネーに目を向ける。かなり疲れているのか、まだ眠っているシュネーを抱えてフランチェスカは立ち上がる。

そしてグレイシャーに挨拶をして、フランチェスカは会場に向かって走り出した。

やはりフランチェスカの予想通り、もう舞踏会は終わってしまっていた。

端の方に停まっているエディマーレ男爵家の馬車を見つけて、足早に人混みを通り抜けていく。フランチェスカが御者に声をかけて馬車に乗ると、中にいたヤナが悲鳴をあげた。

「ちょっとヤナ、叫んだりしてどうしたの？」

「ど、どうしたのではありません！　それはこちらのセリフです……！」

「どういうこと？」

「フランチェスカお嬢様、ご自分の姿を見てくださいませ！」

そう言われて、フランチェスカは窓ガラスに映る自分の姿とドレスを見た。

ヤナに整えてもらったミルクティー色の髪はボサボサで見る影もない。髪には葉が絡まっていて、テラスから飛び降りて壁の間を通り抜けたためかドレスはところどころ破れていた。

「あー……」

ドレスを広げて呆然とするフランチェスカに「誰がこんなことを」と言ってヤナは心配そうである。グレイシャーを助けるためにテラスから飛び降りたとは言えない。

もちろん、ヤナにも治癒の力のことを秘密にしているので、ごまかしつつもなんと言い訳するか考えていた。

「大したことではないけれど色々あったの」

「はっ……もしかしてヤナが美しくしすぎたばかりに、フランチェスカお嬢様がモテすぎて他の御令嬢に難癖をつけられたのではないですか⁉」

「え……？」

「そして手を差し伸べる素敵な王子様！　運命的な出会いがあった……違いますか？」

「ざ、残念ながら違うわね」

驚くほどにヤナの妄想が現実と一致しているのだが、ここはごまかした方がいいだろうと思い、レオナルドとのやり取りは黙っていることにした。

フランチェスカの反応が気になるのか、ヤナは「怪しいです」と言いながら顎を押さえている。

「あのね、ヤナ。恥ずかしいけれど、緊張して転んでしまったの。だからヤナが思っているようなことはないわ」

「そうなのですか。残念ですが、フランチェスカお嬢様に怪我がなくてよかったです。気を付けてくださいね」

「ええ、やっぱりエディマーレ男爵領ばかりでなく、色々なお茶会やパーティーに顔を出さないとダメね」

「ちなみに素敵な方に助けていただいたりとかは……」

その言葉にレオナルドの顔を思い浮かべたが、それをかき消すようにフランチェスカは首を横に振った。それに令息たちが波のように押し寄せてきたせいで、ひとりひとりとゆっくり話をする時間もなかった。

「いいえ、残念ながら」

「あーん！　フランチェスカお嬢様ならば絶対にいい方と出会えると思ったのですが……それこそレオナルド殿下だって、お嬢様の魅力に惹かれて話しかけてくると思ったのです！」

「ヤナのその自信はどこからくるのよ」

「ヤナの勘ですぅ」

ヤナは残念そうに頬を膨らませている。最近、ヤナの勘が怖い。未来が見えているのかと思えるほどによく当たる。そこでふと、フランチェスカはあることを思い出す。

「ねぇ、ヤナ。聞きたいことがあるのだけれど」

「なんでしょうか？」

「ヤナは王都に住んでいたんでしょう？　オルランド公爵家のキャシディ様のことについて、なにか知らない？」

フランチェスカがキャシディの名前を出した途端にヤナの表情が暗くなる。フランチェスカ様は聞いたことないですか？」と驚いている。

「どういうこと？」

「キャシディ様に楯突くと聖獣と共に消されるって有名な話みたいですよ？」

「え……？」

「実際に何人かの御令嬢が社交界に出てこなくなったらしいです。色々な噂がありますけど、キャシディ様の聖獣マレーの能力じゃないかって言われてるんです。グレイシャー様も近付かないのがその証拠とも言われていて……」

「そうだったの」

二度目は交流を避けて田舎に篭りきりだったため、キャシディの噂について初めて耳にした。

それはフランチェスカが思っている以上に恐ろしいものだった。キャシディの周囲にいる令嬢たちが異様なほどにキャシディを気遣っている理由もわかった気がした。聞いただけなので、ヤナにも実際にこの噂が真実なのかどうなのかはわからないらしい。しかしフランチェスカが何度か感じていた恐怖や違和感は気のせいではないのだろう。

（キャシディ様とマレーには、やっぱりなにかがあるのかしら）

フランチェスカはキャシディの存在と同様にグレイシャーのことも気かかりだった。

グレイシャーはフランチェスカにとってシュネーと同じくらい大切な存在だ。グレイシャーが公務以外で滅多に外に出てくることはない。となればフランチェスカが城に出向かなければならないのだが、その時にグレイシャーに近付く言い訳が思い浮かばなかった。

（邸に帰ったらマラキに相談してみましょう）

疲れからか、フランチェスカは馬車の中でシュネーを抱きしめながら眠った。

ヤナに声をかけられてエディマーレ男爵邸に着いたことに気付く。痛む体を伸ばしてから、久しぶりの我が家にホッと息を吐き出した。王都に滞在するのはとても楽しかったが、自然豊かなエディマーレ領はやはり静かで落ち着く。出迎えてくれた両親やマラキとハグをしてからポールにお土産を運び込むように頼む。

パーティーのことをごまかしつつ話していたフランチェスカだったが、ドレスがボロボロになっていることで両親とマラキにとても心配かけてしまう。フランチェスカは転んだと言い訳をしていたが、信じてもらえずに話の流れでついレオナルドに助けてもらったことをうっかり喋ってしまう。両親は「さすがレオナルド殿下だ」と感謝しつつも、「もしかしたらうちの子が王妃に！」と目を輝かせている。

背後に控えているヤナも、レオナルドの話を聞きたくてウズウズしているようだ。

マラキはフランチェスカの疲れた姿といつもなら元気に駆け回っているシュネーが眠っている様子を見て、なにかを悟ったのだろう。真剣な顔でこちらを見ている。

マラキにアイコンタクトを送り、荷物はヤナたちに任せてマラキの部屋に向かった。

紅茶を飲みながら侍女が部屋を出ていくのを待ち、マラキにグレイシャーの様子と、舞踏会そっちのけで治療してきたことを話す。

「なんというか……姉上らしいや」

「そうかしら？　でもお父様やお母様がこのことを知ったら、がっかりするでしょうね」

「そんなことは気にしなくていいよ。それよりもレオナルド殿下に力をバレないようにグレイシャー様に近付くのは無理があるんじゃないかな？」

「やっぱり、そうよね」

「それこそレオナルド殿下に話して協力を得るのはどう？」

「それは絶対にダメッ！」

フランチェスカが声を荒らげて立ち上がったことにマラキは驚いている。咳払いしながらも椅子に腰かけると、マラキが問いかけるように口を開いた。

「そんなに拒絶しなくてもいいのに。姉上は昔からそうだけど、どうしてそんなにレオナルド殿下を嫌がるの？　普通の令嬢だったら憧れたり、喜んでアピールしたりすると思うけど」

「そ、それは……この力がバレないようにしたいと前にも言ったでしょう！」

「そうだったね。僕も姉上がバレないようにするためになにか考えるよ」

「ありがとう、マラキ」

マラキと一緒にどうやってグレイシャーと会うのか考えること数日。

満面の笑みを浮かべ、真っ白い高級そうな紙に金縁の封筒を差し出してくる両親をフランチェスカは見つめた。

「お父様、お母様……その封筒は？」

「コルビン殿下をエディマーレ男爵邸に一週間ほど滞在させたいと、王家から連絡が来たんだ」

「そうなんですか？」

フランチェスカが手紙を読んでみると、この国の第二王子、コルビンがマラキとベネットに会いに男爵邸に来ることが書かれていた。

まだ読みかけではあるが、フランチェスカの耳にマラキやシュネーの声が届く。手紙を読むのを途中でやめて窓を開けた。ベネットやシュネーとボールで遊んでいるマラキがフランチェスカに気付いて、こちらに駆け寄ってくる。

「姉上もその手紙を読んだんだね！　よかった、これで問題は解決できたね」

「……え？」

フランチェスカはマラキの言葉の意味がわからずに首を傾げた。しかしそのことを問いかける前に、マラキはフランチェスカにコルビンと仲よくなった経緯を話してくれた。

「コルビン殿下と仲よくしておいて損はないでしょう？　それにコルビン殿下はベネットが好きみたい。かっこいいって声をかけてくれて、そこから仲よくなったんだ」

「そうなのね」

「今から成り上がって、僕や姉上のことを馬鹿にしていたやつをいつか見返してやろうと思ってるんだ」

黒い笑みを浮かべているマラキを見て、フランチェスカは口端をピクリと動かした。マラキはフランチェスカと共に過ごしていくうちに、どんどん逞しくなっていく。

「姉上とシュネーは僕の命の恩人だよ。姉上が困っていたら僕が助けるから」

「……ありがとう、マラキ」

マラキは微笑んだ後に、シュネーとベネットに呼ばれて走り去ってしまう。

それから手紙の続きを読み進めていくと、最後に国王からのお願いが書かれていた。

それは『グレイシャーを空気のいいエディマーレ男爵邸で療養させてくれないか』とのことだった。そこにはエディマーレ男爵領の噂を聞いた国王たちの、望みを託すような切羽詰まった様子が窺える。

くれぐれも内密に、ということでおそらく周囲には絶対にバレたくないのだろう。

先ほどマラキが問題を解決したと言ったのは、グレイシャーが男爵邸に来るからだ。

(よかったわ！　これでグレイシャーの治療ができるわ)

フランチェスカはシュネーと共にグレイシャーを迎える日まで、しっかりと体力をつけていった。エディマーレ男爵家全体でコルビンとグレイシャーを迎える準備を整えた。


そして約束の日。

フランチェスカはシュネーと共に、グレイシャーが来るのを今か今かと待っていた。

青々とした木々が美しい景色の中、豪華な王家の馬車が列をなしてこちらに向かってくるのが見える。

ゆっくりと邸の前で停車したグレイシャー専用の荷馬車は、いつもと違って布で覆い隠されていた。シュネーがすぐにグレイシャーのもとに駆け寄って布を取り去ろうとする。

布を退かそうとした城の従者は、必死に布に噛みついているシュネーに戸惑っている。その様子に気付いたフランチェスカはシュネーを抱き抱えて馬車から離した。

従者がふたりがかりで布を外すと、グレイシャーがゆっくりと頭を上げた。シュネーがグレイシャーに飛びかかるようにして、さっそく白銀の毛に埋もれている。小さな尻尾が左右に動いている姿がかわいすぎて胸がキュンとなる。

（よかった……以前よりもずっと元気そう）

グレイシャーは暴れ回るシュネーを諌めるようにして鼻でつつくと荷馬車から降りた。コルビンの目があるためまだグレイシャーに触れるわけにはいかず、フランチェスカはシュネーを回収しようとグレイシャーのもとへ向かった。

グレイシャーに向かって唇に人差し指を寄せて、内緒だとアピールすると、グレイシャーが『グルル』といつものように喉を鳴らす。

もうひとつの馬車からはコルビンが出てくるはずだが、一向に姿を現さないことを疑問に思っていた。そんな時、マラキが開いた馬車の扉の前に向かう。扉が開いても親しげに話す様子はなく、マラキは大きく目を見開いた後に深々と頭を下げている。

マラキの話を聞く限りではそこまで畏まることもなさそうだと思っていたが、馬車から出てきた人物にフランチェスカは目を見張った。

艶やかなアイスグレーの髪と長いまつ毛の隙間からはスカイブルーの美しい瞳が見えた。コルビンよりもずっと背が高いその人物は……。

「レ、レオナルド殿下……⁉」

レオナルドに続いて、コルビンも元気よく降りてくる。レオナルドよりも暗い銀色の髪は短く、快活そうな笑顔が見えた。馬車からレオナルドが降りてきたことに両親も驚いている。そしてレオナルドは、この状況を説明するためにすぐに両親のもとに向かった。

おそらく国王からの言伝だろう手紙を震える手で受け取った両親は、フランチェスカとレオナルドを交互に見ている。

コルビンはベネットを見ながら「超かっこいい！」と、大興奮である。マラキも心配そうにフランチェスカに視線を送っている。

フランチェスカが予想外の出来事にポカンと口を開けていると、軽装のレオナルドがこちらに近付いてきた。

「フランチェスカ嬢、久しぶりだね」

「ど、どうしてここに……」

「君に会いたくてここに来た、と言ったらどうする？」

「……っ⁉」

レオナルドの言葉にフランチェスカの胸はドキッと音を立てた。スカイブルーの瞳はまるでフランチェスカを逃さないとでも言うように、真っ直ぐこちらを見つめている。

「どういう、意味でしょうか」

「そのままの意味だよ。俺が自分からコルビンに同行したいと申し出たんだ。その理由はグレイシャーが心配だったのもあるが、君に会いたかったからだ」

「……ご冗談を」

「俺はずっと君のことが気になっていた。フランチェスカ嬢」

思わぬ不意打ちに戸惑っていると、目の前に膝をついたレオナルドは、フランチェスカの手を取った。両親はそれを見て、手を合わせて驚いている。

（まさか、力のことがバレたの？　でもそんなはずはないわ。あの時、誰もいなかったはず……！）

グレイシャーがバラしたりしないことは確かだ。フランチェスカは以前の記憶も含めて、グレイシャーの気高い性格をよく知っているし、レオナルドにフランチェスカのことを的確に伝えるのは不可能だろう。

真っ直ぐにこちらを見てなにも言わないレオナルドに、フランチェスカがどう対応しようか迷っていると……。

ペチャという音と共にレオナルドの顔面にシュネーが飛びかかった。そしてレオナルドの顔に張りついたまま動かなくなってしまう。それにはグレイシャーも驚いたのか耳と尻尾をピンと立てている。

フランチェスカは反射的にシュネーを引き剥がそうとするが、なかなか離れない。奥から父と母の悲鳴が聞こえたような気がした。

「シュネー、ダメよ！　レオナルド殿下から離れてっ」

フランチェスカがそう言うと、シュネーはやっとレオナルドの顔面から離れた。どうやらシュネーはフランチェスカを守ろうとしてくれたようだ。焦るフランチェスカとは違い、シュネーは誇らしげである。

必死に頭を下げるフランチェスカにレオナルドは「大丈夫だ。頭を上げてくれ」と言ってフラリと立ち上がる。シュネーは『ワンッ』と吠えてドヤ顔をしているが、フランチェスカの心臓は飛び出してしまいそうなほどに脈打っていた。

レオナルドは無表情ではあるが「フワフワで悪くないな」と言ってなぜか満足そうだ。シュネーもレオナルドに敵意がないとわかったのか、ボールのように跳ねて体を撫でてとアピールしている。

あまりのかわいさにフランチェスカが口元を押さえていると、レオナルドはシュネーを抱えて撫で始めた。シュネーも気持ちよさそうだ。

事態は治まったかのように思えたが、ベネットまでレオナルドに襲いかかったことで母はついに気絶した。どうやらベネットはレオナルドに恋をしたらしい。くねくねとレオナルドの足に体を擦りつけたり、尻尾を足に巻きつけたりしながらアピールしている。

コルビンは「兄上だけずるい！」と言って口を尖らせている。その間、フランチェスカは母を介抱していた。

その後、父に呼ばれたフランチェスカはエディマーレ男爵邸に滞在する間、レオナルド殿下のお世話係を命じられる。グレイシャーの治療をバレないようにしたかったフランチェスカにとっては予想外の出来事だ。

レオナルドに近くにいられたら力を使えない。マラキがコルビンの相手をしている間にシュネーと治療しようと思っていた計画は、見事に崩れてしまったようだ。

『俺はずっと君のことが気になっていた。フランチェスカ嬢』

レオナルドがどうしてフランチェスカを気にしているのか……やはり六年前からフランチェスカが気になっていたというのは事実なのだろうか。

フランチェスカは戸惑いを隠せなかった。だが、今さら追い返すこともできない。

あわよくば王太子の婚約者に、と父に言われるかと思いきやそれはないようだ。レオナルドが来たことでプレッシャーを感じているのか、胃を押さえながらガタガタと震えている。

普段穏やかで何事にも動じない父がこうなるほどだ。よほどのことなのだろう。確かにふたりの王子と国を守る要であるグレイシャーが領地に滞在するとなれば、心配にもなる。

父の背後にはこちらに見えないように配慮しつつも、護衛たちがこちらの様子を確認するように何度も顔を出している。あまりの圧にフランチェスカもゴクリと唾を飲み込んだ。

フランチェスカはレオナルドとコルビンをゲストルームへと案内する。ふたりに部屋の説明をして荷物を置いている間、隣にいるヤナがドヤ顔でフランチェスカの肩をついてきた。

まるで『私の言った通りになったでしょう？』と言いたげである。ヤナに向かって首を横に振ると不満そうに唇を尖らせている。後はヤナたちに任せてフランチェスカはシュネーと共に踵を返した。

（折角、グレイシャーが来てくれたのに、ゆっくり治療もできないなんて。護衛の人たちにも見られてしまうだろうし）

ふたりが荷物を片付けている今のうちだと、フランチェスカはシュネーを抱え、急いでグレイシャーのもとに向かった。


「グレイシャー……！」

グレイシャーは邸の裏庭の芝生の上に寝転んでいた。

フランチェスカの声が耳に届いたのか、グレイシャーが顔を上げる。頭を撫でながら頬を擦り寄せた。グレイシャーもそれに応えるように目を閉じた。

「来てくれてありがとう。早速だけどいいかしら」

『グルル……』

「……え？　どうして」

グレイシャーがダメだと言わんばかりに唸(うな)っている。なぜダメなのかをグレイシャーに問いかけようとした時だった。

「やっぱりグレイシャーを元気にしてくれたのは君なのか」

「……っ！」

フランチェスカが恐る恐る背後を振り向くと、そこには先ほどまで部屋にいたはずのレオナルドの姿があった。どうやらグレイシャーは、レオナルドにバレてしまうということを伝えたかったらしい。

風がふたりの間を吹き抜ける。フランチェスカはレオナルドから目を離せなかった。そしてフランチェスカの聞き間違えでなければ、レオナルドはフランチェスカの力を知っているように思えた。

「どうして、ここに……？」

「自分の考えが正しいかを確かめに来たんだ。俺が来たことに焦り、君はすぐに動くのではないかと思った」

やはりレオナルドは、フランチェスカがグレイシャーと関わっているとある程度予想していたのだろう。それを確かめに来たのだ。スッとレオナルドが目を細めた。

フランチェスカは次にどう動くべきかを考えていた。手のひらに汗が滲む。

「……気のせいではありませんか？」

「いや、気のせいじゃない。契約の儀の時も舞踏会の時も君はグレイシャーに会っていたのではないか？　グレイシャーが俺になにも伝えなかったのは予想外だった」

レオナルドの言葉にグレイシャーはフンと顔を背けてしまった。

「グレイシャーはフランチェスカ嬢を慕っている。こんな風にグレイシャーが心を許した令嬢は初めてだ」

「あ……」

フランチェスカはレオナルドの言葉に焦りを感じていた。レオナルドは頭がよく機転も利くことを、間近で見て知っていた。国を守るために努力を惜しまない彼のことが好きだったのだ。

しかし今は、思い出に浸っている場合ではないはずだ。

（どうにか口止めしないと……国王陛下や大臣たちの耳に伝わったら、私はまたっ！）

フランチェスカはレオナルドに口止めするために立ち上がる。

「こ、このことは誰にも言わないでください！　私はグレイシャーに気に入られたからといって王妃の座を狙っているわけではありませんし、できればこのことを内密にしてほしいのです」

「ああ、わかっている」

「でなければ私はっ………へっ？」

「なにか事情があるのだろう？　仮にグレイシャーを治せるほどの大きな力をフランチェスカ嬢が持っているというのなら、隠したい理由もなんとなく想像つくが」

「黙っていて、くれるのですか？」

「もちろんだ」

フランチェスカはポカンと口を開けたまま、レオナルドを見ていた。レオナルドにバレてしまえば国王に報告されて、以前と同じように命じられるまま城に篭り、やってくる人々の治療をしなければならないと思っていたため、彼の言葉に驚きを隠せなかった。

「誰にも、言わないでくださるのですか？」

「ああ」

「……本当に？」

「君がそう望むなら」

レオナルドの表情からはなにも読み取ることができない。

しかし彼が嘘をつかないことをフランチェスカはよく知っている。レオナルドはいつも誠実で優しくて、フランチェスカを様々な脅威から守ろうとしてくれていた。関係性は変わっても、それだけはなにも変わらない。

フランチェスカの目から、涙が無意識に溢れ出す。レオナルドが目を見開いてから手を伸ばして親指で拭ったことで、フランチェスカは自分が泣いていることに気付いた。しかしフランチェスカは一歩後ろに下がり、自分の腕で涙を拭った。

「フランチェスカ嬢？」

「ごめんなさいっ。なんでもないんです」

「君の秘密は守る。約束する……お願いだ。泣かないでくれ」

レオナルドの言葉にフランチェスカは頷いた。

シュネーはレオナルドがフランチェスカをいじめていると思ったのか、再びレオナルドの顔面に張りついてしまった。

「シュネー!?」

フランチェスカは急いでシュネーをレオナルドから引き剥がしたが、特に怒った様子はない。なんだか嬉しそうなレオナルドは「すまない、シュネー。フランチェスカ嬢を傷つけるつもりはなかった。仲直りしよう」とシュネーに手を伸ばしている。

シュネーは警戒していたが、反省したレオナルドを見てコロリと態度を変える。

レオナルドが撫でると、シュネーはお腹を見せて気持ちよさそうにした。

「フランチェスカ嬢、不安にしてすまない」

「……レオナルド殿下」

「グレイシャーがもし元気になるのならと、気が焦ってしまったようだ」

フランチェスカもシュネーの具合が悪くなり、自分の力で治せなければなんとしてでも治そうと動くだろう。レオナルドがグレイシャーを思う気持ちはフランチェスカと同じだと思った。

そして改めてレオナルドにこの力を内密するように頼んだ。この力はマラキにしか知らず、両親には内緒にしていることを伝えるとレオナルドは驚いていた。

「エディマーレ男爵たちにも黙っているのか？」

「はい……もしこの力がバレたら私たちはここにいられなくなります。私は慎ましく暮らしていけたらそれでいいんです」

レオナルドはフランチェスカの言葉に納得したのか、静かに頷いた。

それからフランチェスカはシュネーと共にグレイシャーに寄り添い、力を使う。金色の光が周囲に降り注いだ。

——どのくらい時間が経ったのだろうか。この間のように倒れるわけにはいかないと、今日は動けなくなるまで力を使うことはしなかった。

フランチェスカが暑さに手をパタパタと扇いでいると、目の前に差し出されるハンカチ。遠慮しているとレオナルドはフランチェスカの汗ばんだ額を拭った。

「君の力は美しいね」

「……っ⁉」

レオナルドの言葉にフランチェスカの心は揺さぶられ、胸が高鳴っていく。

「こんな風にグレイシャーを元気にしてくれたのか。本当にありがとう」

「い、いえ。……おそらくレオナルド殿下たちが滞在する一週間ほどで完治すると思います」

「そうか！　ああ、よかった」

フランチェスカはレオナルドの優しい笑顔を見て、熱くなった顔を隠すように俯いた。そしてシュネーにブラシを持ってきてもらい、グレイシャーの毛をブラッシングしながらレオナルドと話をする。

「父上は俺の婚約者を探し始めてからグレイシャーの体調が少し回復したことで、婚約者がいないことが原因だったと決めつけてしまったんだ」

「そうなんですね」

「俺にはグレイシャーがそのような理由で具合が悪くなったとは思えない。けれど父上は聞く耳を持たない。だからなんとか今回の件でグレイシャーの体調がよくなれば、馬鹿げた思い込みを変えられる」

レオナルドは苦しげにグッと唇を噛んだ。グレイシャーが心配そうにレオナルドを見つめている。レオナルドはグレイシャーに「すまない。大丈夫だ」と言って笑みを浮かべた。

フランチェスカはブラシを動かす手を再開した。グレイシャーの白銀の毛が宙に舞い、シュネーはフワフワと浮かぶ毛を追いかけ回している。

その姿を見て声を合わせて笑った後、レオナルドと目が合ったフランチェスカはすぐに逸らした。気まずい沈黙が流れた。

そしてレオナルドは思わぬことを口にする。

「君が俺の婚約者だったらいいのに」

レオナルドの言葉にフランチェスカは警戒心を抱く。力がわかった途端、結婚の意思を伝えてくるのは、なにか裏があるのではないかと思ったからだ。フランチェスカの硬くなった表情を見たレオナルドは、フランチェスカの心の中を見透かしたように言った。

「勘違いしてほしくはないが、フランチェスカ嬢に力があったからではない」

「え……？」

「以前も言ったが、契約の儀の時からずっと君のことが気になっていたんだ」

「六年前の？」

「ああ、フランチェスカ嬢に惹かれている自分がいる」

『グルル……』

「わかっている、グレイシャー。これ以上、フランチェスカ嬢を困らせるなと言っているんだろう？」

レオナルドがグレイシャーの頬を撫でる。フランチェスカは彼のはにかむような笑顔が大好きだったことを思い出していた。

そしてグレイシャーは『その通りだ』と言わんばかりにフンと鼻息を吐き出した。

「兄上……？　グレイシャー、どこだ？」

遠くから、レオナルドとグレイシャーを捜すコルビンの声が耳に届いた。

# 三章　変化と真実

それから毎日、レオナルドとフランチェスカは共に時間を過ごしていた。

もちろんグレイシャーを治療するためなのだが、レオナルドはことあるごとにフランチェスカに好意を伝えてくる。

「フランチェスカ嬢とずっと一緒にいたら楽しいだろうな」

「君のことをもっと知りたいんだ。俺に色々と教えてくれないか？」

「君とシュネーを見ていると飽きないな。ずっと見ていたい」

「フランチェスカ嬢への気持ちが抑えられない」

（レオナルド殿下の言葉が甘すぎて、ドキドキしっぱなしだわ……！）

そこでフランチェスカは、時が戻る前には知らなかったレオナルドの意外な一面を知ることになった。

一度目の人生ではいつもフランチェスカはレオナルドに守ってもらい、頼ってばかりいた。今はお互いの置かれている状況が違うかもしれないが、こうしてレオナルドが幸せそうに笑っている顔を見るとフランチェスカは安心する。

誰にも邪魔されることなくシュネーとグレイシャー、レオナルドと共にいる時間は温かくて、フランチェスカはなぜか感動して涙が出そうになった。

(こんな風に穏やかな未来もあったかもしれないのね)

そう思うと悔しい気持ちが湧き上がる。

日を追うごとにグレイシャーの体調もみるみるよくなっていった。それと同じようにレオナルドの笑顔が増えていく。嘘みたいに和やかな日々を過ごしていると、一週間はあっという間に過ぎ去ってしまう。

ついに明日、コルビンとレオナルドが王都へと戻るという日のこと。

コルビンとマラキは広大な自然の中をシュネーと共に走り回っていた。ベネットは木の陰でのんびりとふたりと一匹を見守っている。

フランチェスカとヤナがアイスティーと焼いたクッキーを持ってきて、ふたりに声をかける。ヤナはテーブルに三人分のグラスとクッキーを置くと一礼して去っていく。

「コルビン殿下、マラキ！　クッキーが焼けましたよ」

ふたりはフランチェスカに気付いてすぐに駆け寄ってくる。ベンチに腰かけてアイスティーを飲みながらクッキーを頬張るふたりはとても楽しそうだ。

フランチェスカの視線に気付いたのか、コルビンがクッキーを口に運ぶ手を止める。

マナーを気にしてのことだろうが、フランチェスカは優しく声をかけた。

「ここでは自由に過ごしてください。周りの目は気にしなくていいですから」

フランチェスカが城にいた時に窮屈だと感じていたからだ。

「ありがとう、フランチェスカ……！　こんな風に人目を気にせずに過ごせるなんて夢みたいだ」

コルビンの瞳は大きく揺れていた。フランチェスカはコルビンの頭をそっと撫でた。マラキと同じ感覚でやってしまったのだが、コルビンはとても嬉しそうに照れ笑いしている。

フランチェスカが空っぽのグラスを見て、おかわりの飲み物を取りに向かおうと腰を上げた時だった。

「フランチェスカは兄上のことをどう思っているんだ？」

「え……？」

コルビンの問いかけにフランチェスカの胸はドキリと音を立てた。

「ここだけの話だが、兄上はかなりフランチェスカに惚れ込んでいると思うぞっ！」

「そんなわけないじゃないですか」

フランチェスカは苦笑いをしながら手を横に振って否定する。だがコルビンは目を輝かせながら言った。

「フランチェスカの前だと兄上は別人なんだぜ？　とっても嬉しそうだ。あんなに楽しそうな兄上、初めて見た」

「……そうなのですね」

「最近はグレイシャーも元気がなくて、それと同じで兄上も今までにないくらい落ち込んでいたから、オレも心配だったんだ」

コルビンがレオナルドをとても気遣っていたことがわかる。

「今回、兄上がこのことを提案してくれたんだぜ？」

「レオナルド殿下が？」

「グレイシャーも落ち着いているし、いつも頑張っている兄上が少しでも心休まればいいなって思ったんだ」

「コルビン殿下……」

「それに幸せに笑う兄上を見るのは久しぶりで……やっぱりここに来て本当によかった」

無邪気な笑顔を見ていると、フランチェスカはなにも言えなくなった。コルビンはレオナルドを近くで見ていて、彼なりに心配していたのだろう。

「フランチェスカだとはオレも知らなかったけど、タイプを聞くと聖獣を大切にしている笑顔のかわいらしい人だって言ってたんだ！　それって絶対にフランチェスカのことだよな！」

「わ、私ですか⁉」

「ああ、絶対に今までの令嬢たちとは違う！　フランチェスカだけは特別だな」

「確かにコルビン殿下の言う通り、レオナルド殿下って冷たくて完璧で隙がないってイメージだったけど、姉上と話している時はなんだか幸せそうだね」

「マラキもそう思うだろう？」

「……マラキまで！」

「兄上を幸せにできるのはフランチェスカだけだ！」

コルビンはなぜか誇らしげに腕を組んでいる。マラキも「そうかもね」と言って笑った。

コルビンはフランチェスカとシュネーの力を知らない。打算なしに言えるからこそ、フランチェスカの心にグッとくるものがあった。

(私がいない方がレオナルド殿下は幸せになると思っていたけど)

フランチェスカの心境は複雑だった。こうして時が戻る前はフランチェスカに余裕はなく、レオナルドを頼ってばかりいた。二度目は離れることが互いにとって一番いい選択だと思い込んでいたフランチェスカは、どうすればいいかわからない。

（レオナルド殿下は本当に私のことを……？）

フランチェスカが考え込んでいると、レオナルドがグレイシャーを連れて歩いてくるのが見えた。グレイシャーが歩けるようになったことに喜びを感じる。

フランチェスカに気が付いたのか、レオナルドが手を振った。

フランチェスカはレオナルドに手を振り返そうとしたが、先ほどのコルビンの言葉を思い出していた。急にレオナルドのことを意識してしまい、フランチェスカは距離を取るように後ろに下がる。

そのことにショックを受けたのか、レオナルドはピタリと足を止めた。グレイシャーはフランチェスカにすり寄るようにしてやってきた。

「……グレイシャー」

フランチェスカはごまかすようにグレイシャーに寄り添った。シュネーはグレイシャーと鼻で挨拶をした後に白銀の毛の中に埋もれてしまう。ひょこりと顔を出したシュネーがかわいすぎて、フランチェスカが微笑んでいると……。

「今日でここに滞在するのも最後になる。その前にフランチェスカ嬢と話をしたいのだが、いいだろうか?」

「……はい」

レオナルドがあまりにも真剣な顔で言うので、フランチェスカは思わず頷いてしまう。コルビンは気を利かせたのか「シュネーとグレイシャーはオレたちが預かるから、ゆっくり話しなよ」と言ってニカッと笑った。

レオナルドはコルビンの言葉と行動で察したのだろう。手のひらで頭を押さえている。しかし、そっとフランチェスカの前に手を伸ばす。

フランチェスカはレオナルドがなにを言うつもりか気になり、手を握る。エスコートを受けつつも、エディマーレ男爵邸へと戻り、花が咲き誇る中庭のベンチにふたりで腰かけた。

暫く沈黙が続き、レオナルドが口を開く。

「急にすまない。王都に帰る前にどうしても君に伝えたいことがあった」

「なんでしょうか?」

真っ直ぐにフランチェスカを見つめるスカイブルーの瞳を見て、フランチェスカの心臓はドキドキと音を立てた。

「フランチェスカ、俺は君のことが好きだ」

「……っ！」

レオナルドのストレートな言葉にフランチェスカは驚いていた。

「契約の儀でシュネーを抱きしめていた君を見てからひと目惚れしたんだと思う」

レオナルドの頬がほんのりと色づいており、これが冗談ではないことはわかっている。だが、今のフランチェスカには譲れない思いがあった。

それは〝シュネーを守りたい〟という強い気持ちだ。フランチェスカには以前の記憶がある。今日まで穏やかな気持ちで人生をやり直せたのは、力がバレることなくレオナルドの婚約者にならなかったからだ。

もし今回もレオナルドと結ばれたとしても、男爵令嬢として生きてきたフランチェスカに向けられるのは厳しい視線だ。

「……ごめんなさい」

フランチェスカがそう言うと、レオナルドは小さく首を横に振った。

「いいんだ。君が俺を避けていたのはなんとなくわかっていた。でもフランチェスカへの気持ちを抑えることができなかった」

「……レオナルド殿下」

「嫌がる君を無理やり婚約者にしようとは思わない。フランチェスカの幸せを願っている」

その言葉にズキリと胸が痛んだ。本当は自分がどうしたいのか、フランチェスカは気付いていたからだ。だけど気付かないふりをしている。

「私は今まで男爵家の令嬢として生きてきました。レオナルド殿下にはもっとふさわしい令嬢がいるはずです」

「……いや」

「もしかしたらグレイシャーが私に心を開いてくれているのは、この力があるからかもしれません」

「え……？」

「自身の危機を知らせるために動いたのではないでしょうか。それに私はシュネーを守るためにもこの力を隠し通していきたいのです。だから力が欲しいとおっしゃるなら……」

フランチェスカがそう言いかけると、レオナルドは悲しそうな表情でスッと手を伸ばしてフランチェスカの頰を撫でた。

「男爵令嬢だとか、力があるとか、グレイシャーが君を慕っているとか、それは関係ないと言っただろう？　君だから……フランチェスカ嬢だからそう思えた」

フランチェスカはレオナルドの言葉に目を見開いた。揺れ動く瞳から目が離せなくなった。

「今回、ここに来て君と過ごしてみて確信したんだ。やはり俺は君が好きだ」

「……っ」

「好きなんだ」

フランチェスカは自分の頬がどんどんと赤くなっていくのを感じていた。以前は治癒の力があったから、国王の命令で婚約者になったから……そんな考えからレオナルドに愛されているという自信が持てないでいた。

けれど今回は、フランチェスカ自身をしっかりと見てくれているようで素直に嬉しい。

フランチェスカはレオナルドになんて言葉を返せばいいかわからなかった。

しかし、レオナルドはいつも通りの表情でこう言ったのだ。

「俺のことを少しでも好きになってもらえるように、これから努力する。俺はフランチェスカ嬢を諦めるつもりはない」

「………へ？」

「逃さないから覚悟して欲しい」

「なっ……！　先ほど幸せを願っていると言ったではありませんか」

フランチェスカは驚きのあまり口をパクパクと動かしていた。レオナルドは言葉を続ける。

「ああ、フランチェスカ嬢を無理やり従わせるつもりはない。しかるべき手順で好きになってもらおうと思っている」

「そ、そういうことではなく……！」

フランチェスカが口ごもって焦っていると、レオナルドは気を利かせてくれたのかグレイシャーやシュネーの話をはじめる。

「王都に戻ったら手紙を送る。グレイシャーの様子も気になるだろうから」

「えっ……と、はい」

「シュネーが元気に飛び跳ねているところを見ることができないのは寂しいな」

レオナルドの言葉にフランチェスカは頷くしかなかった。

（こ、こんなにストレートに、レオナルド殿下から思いを伝えられたことがあったかしら……）

フランチェスカに余裕がなかったこともあるが、今回はレオナルドからの想いに戸惑うばかりだ。フランチェスカの頭の中では色々な考えがせめぎ合っていた。

次の日、コルビンは迎えに来た王家の馬車を見て肩を落とす。コルビンはベネットとシュネーとかなり仲よくなれたようで、別れることが寂しいらしい。マラキとコルビンは身分に関係なく、普通の友人として接している。そんなふたりを少しだけ羨ましく感じた。

フランチェスカはすっかり元通りになったグレイシャーを撫でた。

一度目の人生では、たまにしか見えなかった黒い煙も一週間、グレイシャーと共にいたことではっきりと認識できるようになった。グレイシャーの胸のあたりから足までグルグルと巻きついていた黒い煙は、すっかり消え去っている。

するとシュネーも撫でてほしいのか、フランチェスカの足元でクルクルと回っている。フランチェスカがシュネーを抱え上げてから頬ずりすると、シュネーも体を寄せた。

グレイシャーは行儀よく座って、そんなフランチェスカとシュネーを見守っている。

コルビンがグレイシャーを見て興奮気味に言った。

「やっぱりエディマーレ男爵領の噂は本当だったんだ！」

「……え？」

「エディマーレ男爵領では奇跡が起こるってやつ！　じゃないとグレイシャーがこんなに元気になるわけないだろう？」

フランチェスカはコルビンの言葉にぴくりと肩を揺らした。コルビンが当然のように知っている噂なのだと思うと、力を使うのは暫く控えた方がよさそうだ。

マラキが「ただの噂でしょう？　たまたまじゃないかな」とごまかすように言っている。

グレイシャーが元気になったのは、フランチェスカとシュネーの力があったからだ。

「父上と母上がびっくりするな！」

無邪気に笑うコルビンを落ち着かせるように、グレイシャーが大きな舌でペロリと舐めた。

「ははっ、くすぐったいよ」

「コルビン、そろそろ行こう」

「ああ！　マラキ、また遊びに来てもいいか？」

「うん、もちろん」

フランチェスカは別れを惜しんで抱き合うふたりを微笑ましい気持ちで見ていたが、ふと気付くとレオナルドに手をそっと握られていた。

少し後ろに控えていた父と母のレオナルドの行動に大きく反応している姿が、横目で見えた。

「また君に会えたら嬉しい。手紙を送る」

フランチェスカがレオナルドの行動に驚いていると、腕の中にいたシュネーがレオナルドの顔面に飛びついた。それを見た母は再び気を失い、父が体を支えた。コルビンは「いいな～！　気持ちよさそう」と、呑気なことを言っている。

「レオナルド殿下、申し訳ございません！」

「いや、フワフワの毛が気持ちいい」

フランチェスカが慌ててシュネーを引き剥がしてから頭を下げる。グレイシャーがシュネーを注意するように鼻でつつき、シュネーは舌を出しながら『ワンッ』と元気よく鳴いた。

王家の馬車を見送ってフランチェスカはホッと息を吐き出した。レオナルドと触れていた手が熱く感じられた。シュネーはグレイシャーやコルビンがいなくなったことが寂しいのか、彼らが去っていったところをジッと見つめている。

母は意識を取り戻すとシュネーを叱った。しかしブンブンと尻尾を振ってまん丸な瞳で見つめられると怒れなくなってしまい、次第に頬が緩んでいく。

「次からは気を付けなきゃダメよ」と言った母とマラキ、そして父と共に、フランチェスカはシュネーを抱え上げて邸の中へと戻った。

そして一カ月後。グレイシャーが元気になったことで国全体が活気を取り戻したようだ。辺境の地に魔獣は現れなくなり、国王への信頼も回復しつつある。レオナルドの婚約者を探さなくともグレイシャーが元気になったということで、レオナルドの周囲は落ち着いたらしい。レオナルドから送られてきた手紙を見ながら、フランチェスカは自室で考え込んでいた。

――フランチェスカの中で、グレイシャーがなぜああなってしまったのか疑問は残っている。グレイシャーの症状はあの時のシュネーの症状によく似ているような気がした。

(もしかしたら城でなにかよくないことが起こっているの？　やっぱりあの黒い煙のせいなのかしら……)

いくら考えてもその理由はわからない。今回、フランチェスカとシュネーは城に滞在しておらず、エディマーレ男爵領で家族と大切な領民たちと幸せに暮らしている。

(もし、私がまたレオナルド殿下の婚約者になったら……？　またシュネーになにかあったら)

そう考えたフランチェスカは首を横に振った。愛した人に二度も殺され、大切なシュネーを再び失ってしまうのかもしれないと考えただけでゾッとしてしまう。けれど、このまま放っておくことはできない。

(どうにかして原因を突き止めたいけれど、いったいどうすればいいのかしら)

シュネーもここ一週間ほど、どうも落ち着きがない。

そんなフランチェスカのもとに一通の招待状が届いた。その宛先を見るとまさかの人物だった。

(キャシディ・オルランド……。キャシディ様が私にお茶会の招待状を出すなんて)

フランチェスカは信じられない気持ちで、招待状を握ったまま暫く固まっていた。

レオナルドとの距離が近付いた途端にやってきたキャシディからの招待状に、胸騒ぎを覚える。

まるでレオナルドやグレイシャーと関わったことを見透かされているようだと思った。

(偶然、よね……？)

フランチェスカの不安を確信に変えるかのように、シュネーが招待状に噛みつこうとして唸っている。

「シュネーもなにか嫌な予感がするの？」

『ヴゥ……！』

以前よりもシュネーの変化や感情をしっかりと感じ取れるのは、フランチェスカに余裕があるからだろう。フランチェスカがキャシディと関わったのは、グレイシャーを中庭で見つけたパーティーで、キャシディ率いる令嬢たちに嫌みを言われた時くらいだ。

フランチェスカは招待状を持って両親のもとへと向かった。公爵家の令嬢、キャシディの誘いとなれば理由なく断るわけにもいかない。

招待状が届いてから二週間後、フランチェスカはシュネーと共にオルランド公爵邸に向かう。フランチェスカがオルランド公爵邸に入るのは初めてのことだった。

一度目の人生でキャシディは、フランチェスカの味方だと言って近付いてきた。そして、なにも知らなかったフランチェスカはキャシディを信頼していた。けれどあっさりと裏切られ、フランチェスカは悪女と呼ばれ、あらぬ噂を流された。

（キャシディ様はきっと、最初から私を排除するつもりだったんだわ）

けれど今回、フランチェスカがキャシディに騙されることはない。

『レオナルド殿下はフランチェスカ様に洗脳されている』と言って、キャシディが近付いた瞬間に彼は豹変した。それにはキャシディがなんらかの形で関わっているのではないかと推察していた。

グレイシャーの体調が悪くなったことにキャシディが関係しているとは思いたくないが、確かめる価値はあると思った。

オルランド公爵邸に着くと何人かの令嬢たちも招待されていたようで、緊張しているのか表情が強張っている。フランチェスカを含めて五人の令嬢が呼ばれたようだが、子爵令嬢や侯爵令嬢といった面々で、特にキャシディと繋がりが深いわけではないようだ。

令嬢たちについてきた聖獣たちも、不安そうにしている。

フランチェスカがさりげなくキャシディにお茶会に呼ばれた理由を聞いてみると、どの令嬢も「わからない」と答えた。

フランチェスカはシュネーを抱え上げながら門の前で足を進めた。

目の前には立派なオルランド公爵邸があった。エディマーレ男爵邸の五倍くらいの広さがあるのではないだろうか。赤い屋根に真っ白に塗られた壁と豪華な金色の装飾品で飾られている。真っ白なライオンの像が中心に立っている噴水はオルランド公爵家を象徴しているように思えた。

「皆様、ごきげんよう」

フランチェスカの予想に反して、キャシディは柔らかい笑みを浮かべながら門の前でフランチェスカたちを出迎えた。それに緊張していた他の令嬢たちはホッと息を吐き出しているようだ。しかしフランチェスカだけは警戒を解かなかった。こうやって相手の心に入り込んで味方のふりをしつつ、手のひらを返したように裏切るやり方を知っているからだ。

首にはキャシディの聖獣、白蛇のマレーの姿があった。赤い瞳がこちらを向いて舌が見えた瞬間に、フランチェスカはゾワリと鳥肌が立った。シュネーも違和感を覚えたのか、マレーから目を離さないまま耳をピンと立てている。

「来てくださってありがとう。急にごめんなさいね……いつもと違う方たちとお茶をしてみたくて誘ったのだけれど、迷惑だったかしら？」

キャシディの言葉に笑みを浮かべながら首を横に振る。オルランド公爵家と繋がりを持てるならば普通は喜ぶべきことだろう。多少の悪い噂など権力を前にすれば気にならないはずだ。

お茶会はフランチェスカの予想に反して和やかな雰囲気で進んでいった。聖獣たちも集まって親しくしているようだ。その中にはマレーも含まれている。

　しかしシュネーだけは以前と同じようにフランチェスカの膝の上に座っていて動こうとしない。前の時もキャシディにシュネーと離れるように言われたことを思い出していた。だから、今度はシュネーを守るためにも離れないようにしようと思った。

「あらあら、あなたの聖獣は甘えん坊なのね」

　キャシディは目を細めながらこちらを見ている。シュネーは丸まってキャシディに背を向けた。キャシディの言葉を、フランチェスカを馬鹿にしていると捉えた令嬢たちはクスクスと笑っている。

「はい。シュネーは大切なパートナーですから」

　フランチェスカは笑顔で答えた。馬鹿にされても、嫌みを言われてもなんのその、以前の経験で躱し方は心得ている。何度かレオナルドの名前が出たが、その後も特に気になるような出来事もなく、お茶会が終わる。

　フランチェスカはホッと息を吐き出した。令嬢たちも聖獣たちも楽しそうに馬車に戻っていく。

（よかった。何事もなく終わったわ……でも）

　そう思っていたが薄っすらとなにか気配を感じていた。フランチェスカもお茶会が開かれていた中庭から門の前へ向かい、キャシディに挨拶をして去ろうとした時だった。

「フランチェスカ様、お待ちになって」

「……キャシディ様」

キャシディはディープブルーの美しいドレスを着て、金色の髪が風に靡いている。

あの時と同じキャシディの姿にフランチェスカの心が騒めいた。

「フランチェスカ様、今日はありがとう。楽しめたかしら？」

「もちろんです。貴重な機会をありがとうございました」

フランチェスカはそう言って頭を下げた。

「なんだか楽しんでいたのか不安になってしまって」

「え……？」

「ほら、聖獣は心を現すっていうでしょう？　フランチェスカ様の聖獣はずっとベッタリだったから心配で」

キャシディの言葉にフランチェスカは多少の棘を感じた。

「緊張していたんだと思います。恥ずかしながら、シュネーと共にあまりこのような場に出たことがなかったものですから」

「……あら、そう」

キャシディはつまらなそうに視線を戻す。いつの間にかマレーはキャシディの腕に巻きついている。そしてフランチェスカの前に顔を寄せた。

他の令嬢たちが乗った馬車が次々に帰っていく中、フランチェスカとキャシディが残されていく。

ふたりの間に冷たい風が吹いた。フランチェスカの足元でシュネーがジャンプして、抱っこしてほしいとアピールしている。

フランチェスカはシュネーを抱え上げてからキャシディを見つめた。

「ねぇ、あなたに聞きたいことがあるのだけど……」

キャシディの纏う雰囲気が変わったような気がした。一瞬だけ瞳が赤くなったように見えたが、キャシディは俯いてマレーを撫でている。妙な圧迫感を感じながらもフランチェスカは微笑みを崩さなかった。

「エディマーレ男爵領にコルビン殿下が行ったというのは事実なのかしら？」

「……え？」

エディマーレ男爵邸に滞在したのはコルビンだけということになっている。グレイシャーが男爵領にいたのは内密にしなければならない。それにレオナルドまでも滞在したとなれば、王家が肩入れしていると他の貴族たちに不平不満が出るだろう。

「はい、コルビン殿下は弟のマラキと仲がいいみたいです。マラキの聖獣、ベネットを気に入っているようでして」

「……ふーん」

キャシディの含みのある返事を聞いて、フランチェスカは笑みを浮かべながらも内心、冷や冷やしていた。

「それが……なにか？」

「エディマーレ男爵領にコルビン殿下が向かった時とグレイシャー様の体調がよくなった時期が重なっているでしょう？　もしかしたらコルビン殿下と共にグレイシャー様もエディマーレ男爵領に行ったのではないかと思ったのよ」

「グレイシャー、様がですか？」

キャシディの口角は上がっているが、睨みつけるようにこちらを見ていることに気付く。ここで動揺しては怪しまれると思ったフランチェスカは、平然とした表情を繕いながらも口を開いた。

「いいえ、コルビン殿下だけでしたけど」

「本当に……？　ここだけの話にするから、わたくしに教えてくれないかしら？」

キャシディはレオナルドについて聞きたいのかと思いきや、出てきた名前が『グレイシャー』だったことに驚く。フランチェスカはこのことはキャシディに隠し通した方がいいと直感的に思った。

「グレイシャー様の体調が治った理由を知りたいの。もしかしたらエディマーレ男爵領でなにかあったからではないの？」

キャシディの問いかけは鋭いものだった。レオナルドも共にいたのを知られていないだけでもマシだと思うべきなのだろうか。

「それならば、もっと噂になってもいいような気がするのですが、以前と変わらずのお客様で……」

「なんの話？」

キャシディはフランチェスカの言葉を聞いて眉をひそめた。

「エディマーレ男爵領の話です。キャシディ様もエディマーレ男爵領が最近、観光業に力を入れているのはご存じでしょうか？」

「……ええ」

「グレイシャー様が我が領に来て体調が治ったとあらば、王国中の貴族たちがエディマーレ領に来てくださるのではないでしょうか？　そうすれば私たちも安泰……もう貧乏貴族、田舎貴族などと揶揄されることもなくなるかもしれませんっ！」

熱く語るフランチェスカに、キャシディはエメラルドグリーンの瞳を大きく見開いている。

「今回、コルビン殿下が来てくださったことはいいのですが、元からとてもお元気なコルビン殿下ではなかなか効果が出ずに悔しいです。それにふたりに加えてシュネーが走り回って邸が泥だらけになったんですよ！」

「……そ、そう」

力説するフランチェスカにキャシディは引き気味である。

実際、フランチェスカはコルビンの活発さに驚いていた。兄であるレオナルドや本好きのマラキに比べてコルビンはよく動いた。レオナルドやマラキのフォローがなければ、今頃エディマーレ男爵邸がどうなっていたかわからない。

（レオナルド殿下とコルビン殿下は性格が真逆だけど、相性がいい気がするわ。だからコルビン殿下はマラキと仲がいいのかしら）

フランチェスカはコルビンたちの様子を見てそう思っていた。

そしてコルビンとマラキの話を続けていると、キャシディは興味がないのか困惑した様子で半ば面倒くさそうに聞いている。

最終的には「そろそろ帰った方がいいんじゃないかしら？　エディマーレ男爵領までは遠いでしょう」と言われて、フランチェスカは「そうでした」と手を合わせて頷いた。

キャシディの小さなため息が耳に届く。

（よかったわ。とりあえずは疑われずに済んだみたい）

フランチェスカがキャシディに笑顔で挨拶をして背を向けた瞬間だった。

「だったら、どうして元気になったの？　もう少しで潰せそうだったのに……」

その言葉に思わずキャシディの方を振り向いた。そして彼女と目が合ってハッとしたフランチェスカは、ごまかすように笑顔でキャシディに手を振って馬車に乗り込んだ。

平静を装っていたが、心臓はドクドクと音を立てていた。

普通ならばわからない、キャシディが言った言葉の意味がわかってしまったからだ。

『どうして元気になったの』というキャシディの発言から読み取れるのはなぜグレイシャーの体調が回復したのか、ということではないだろうか。

そして最も気になるのは『もう少しで潰せそう』という言葉だ。確かにグレイシャーは危険な状態だった。グレイシャーの体に纏った黒い煙は着実にグレイシャーを蝕んでいた。

おそらくあの黒い煙は、フランチェスカとシュネーにしか見えないものなのだろう。キャシディはなにかを知っていると、フランチェスカは思った。

けれど今は証拠もなく、キャシディに直接聞くこともできない。フランチェスカはモヤモヤとした気持ちを抱えたまま男爵領へと戻った。

次の日、マラキにそのことを相談してみたが、返ってきたのは予想外の言葉だった。

「レオナルド殿下に相談してみたらどうかな？」

「どうしてレオナルド殿下に？」

「グレイシャーとキャシディ様について、身近で知っているのはレオナルド殿下でしょう。関連を調べてみれば確証が得られるかもしれない」

その言葉に納得するのと同時にフランチェスカを不安が襲う。キャシディの言葉はフランチェスカの聞き間違いかもしれない、そう思ったからだ。

「でも……私の勘違いかもしれないわ。それなのにお忙しいレオナルド殿下を巻き込むわけにはいかないわ」

「でも僕は相談した方がいいと思う」

マラキは真剣な表情でそう言った。フランチェスカは頷いてから、あることを思いつく。

「……そう。なら、手紙を送って意見だけでも聞いてみようかしら」

「案外、レオナルド殿下は姉上に会いたくてエディマーレ男爵邸に来たりしてね」

「あはは、マラキったらそんなわけないじゃない。王都からここまでどのくらいかかると思っているのよ。それにレオナルド殿下はお忙しいでしょう？」

フランチェスカは身近でレオナルドを見ていたから、その忙しさをよく知っている。いくらグレイシャーのためだからといって、こんなところに来るはずがないと思っていたが、またまた予想外のことが起こる。

レオナルドに手紙を送ってから一週間後、フランチェスカはエディマーレ男爵邸の前に停まった見覚えのない馬車を見て首を捻る。誰かを呼んでこようと背を向けて邸に入ろうとした時だった。

「フランチェスカ嬢、急にすまない！」

「……え？」

自分の耳を疑った。振り返るとそこにはアイスグレーのウェーブがかかった髪で前が見えなそうな眼鏡をかけた青年がいた。

「俺だ」

「ま、まさかレオナルド殿下ですか⁉」

青年が髪をかき上げるようにして、眼鏡を取った。変装の下から出てきたのはレオナルドの素顔だった。

「どう、して……？」

この国の王太子である彼がなぜ、このような格好でここにいるのか、フランチェスカは開いた口が塞がらなかった。

「こうして変装して街の様子を見に行くことがある。よくコルビンに土産を買うんだ」

フランチェスカはまたひとつ、レオナルドの知らない一面を知ったような気がした。

フランチェスカがレオナルドの婚約者だった時、城に篭りきりのフランチェスカに花やお菓子などを持ってきてくれたことを思い出す。

（レオナルド殿下の、こんな姿を見るのは初めてだわ）

フランチェスカは改めて、王太子であるレオナルドしか見えていなかったのだと思い返していた。

婚約者でない今、色々な角度からレオナルドの姿を見ることができた。そして思うのだ。あの時、自分の視野がどれだけ狭まっていたのかを。

レオナルドの左手には、数日前にフランチェスカが送った手紙が握られていた。

レオナルドの表情には明らかに焦りが見える。珍しく額に汗が滲んでいた。フランチェスカはレオナルドの汗をハンカチで拭う。すると彼の表情は柔らかくなる。

「ありがとう、フランチェスカ嬢」

「いえ……」

頬が赤く染まるのを隠すように、フランチェスカはレオナルドを邸内のサロンへと案内する。ふたりが椅子に腰かけるとヤナがテーブルに紅茶とクッキーを置いて去っていく。

扉を挟んだ向こう側には護衛が待機しているが、部屋にはふたりきりで誰もいない。ドキドキする胸を押さえていると、レオナルドはテーブルにフランチェスカが送った手紙を置いた。そして息を整えた後に口を開く。

「この手紙を見て、ここに俺がエディマーレ男爵邸に来たことがバレない方がいいと思った。それとキャシディが言っていた話をもっと詳しく聞かせてくれないか？」

「レオナルド殿下、それって……」

「俺はキャシディについて思い当たるところがある。グレイシャーは今は元気だが、またあのようなことになる前に防ぎたいんだ」

レオナルドのスカイブルーの瞳は不安そうに揺れていた。それはグレイシャーを心配してのことだろう。レオナルドはキャシディに対して覚えた違和感について話してくれた。

「気のせいかもしれないが、キャシディが城に来た日に限ってグレイシャーの体調が悪化しているような気がしていた。キャシディはマレーと共に何事もなく去っていくんだ」

「そうなのですね」

「とはいっても、グレイシャーとキャシディが直接会っていたり触れていたりするわけではない。グレイシャーはいつも逃げるようにどこかへ行ってしまうからね」

「なるほど。なら、キャシディ様がグレイシャーになにかしたとは考えづらいということですね」

「ああ……だから気のせいだと思っていた」

レオナルドの婚約者として最有力候補に上げられていたキャシディは、グレイシャーにあまり好かれていない。そこだけが難点だったが、グレイシャーに気に入られることは婚約者にとって最優先事項。それればかりは権力があってもどうにもできないため、オルランド公爵はお手上げ状態だった。

レオナルドの話を聞く限り、キャシディがグレイシャーになにかしたとは考えづらい。しかし、それをひっくり返す情報がレオナルドの口から紡がれる。

「それとここ数日の間にグレイシャーと同じように体調が悪くなる聖獣がいたらしく、何人かの令嬢たちがどうやってグレイシャーがよくなったのか聞きにやってきたのだと報告を受けている」

「それは本当ですかっ⁉」

グレイシャーと同じように体調が悪くなる。令嬢たちと聞いてフランチェスカの頭にあることがよぎる。

「その令嬢たちの名前をお聞きしてもいいですか？」

「確かバルーゼ子爵家のマーシャ嬢、ミドレス伯爵家のアン嬢とレレナ嬢、ビビット侯爵家のライラック嬢だったか。一番、ライラック嬢の聖獣の症状がひどかったようだ。かなり取り乱していたらしい」

「……う、そ」

フランチェスカはレオナルドから名前を聞いて信じられない気持ちだった。やっぱり、と思ったのと同時に大きなショックを受けていた。

「フランチェスカ嬢？」

「この方たちはすべて……オルランド公爵家で一緒にお茶をした令嬢です」

「なんだと？」

それにはいつも感情の起伏が少なく冷静なレオナルドも驚いている。

「聖獣たちはキャシディ様に接触していませんでした。接触していたのは……マレーです」

マレーは聖獣と共に集まっていた。最近は大きな舞踏会もパーティーもない。それにキャシディに呼ばれた人たちは、派閥や家同士の仲のよさなどは関係なかった。

（キャシディ様はなにを基準に令嬢たちを選んでいたの？）

このことが偶然とは思えなかった。するとレオナルドは不思議そうに口を開いた。

「この令嬢たちとは、最近お茶会やパーティーで話をしていたんだ」

「え……？」

「だから、その聖獣たちの体調が悪くなったのは、俺やグレイシャーのせいではないか、症状がうつったのではないかと心配していた。そんな時、フランチェスカ嬢から手紙が届いたんだ」

「そうだったのですね」

「もしもこのような事態が故意に引き起こされているのならば、王太子として止めなければならない」

「はい」

「フランチェスカ嬢の力を貸してほしいんだ」

厳しい表情で眉を寄せるレオナルドを見て、フランチェスカはどうするべきか迷っていた。正義感が強く、国を守ろうとする彼の真っ直ぐな気持ちがフランチェスカにも伝わってくる。

それに以前、シュネーを追い詰めた原因を知りたかった。

フランチェスカはレオナルドに許可を取り、マラキを同席させた。唯一、フランチェスカとシュネーの本当の力を知っているマラキにもこのことを聞いてもらい、意見を聞きたいと思ったからだ。

マラキがレオナルドの話を聞き終え、静かに口を開いた。

「レオナルド殿下、僕から失礼を承知でひとつよろしいでしょうか？」

「ああ」

「僕は姉上が心配です。もちろん他の聖獣たちが苦しんでいるのは嫌だ。ベネットにもしもなにかあれば僕はなんとしてもベネットを救おうとする。けどそれ以上に姉上やシュネーに危険が及んだり、嫌な思いをするなら関わってほしくないって思う」

「……マラキ」

「姉上はずっとこの力を隠したがっていた。それは利用されるのを避けるためだ。グレイシャー様ですら敵わない相手なのに、もし姉上やシュネーになにかあったら……！」

マラキはそう言って泣きそうな顔をした。いつもクールで澄ましているマラキの本音を聞いたフランチェスカは、驚くのと同時に嬉しく思った。フランチェスカはマラキの髪をそっと撫でる。

マラキの話を聞いたレオナルドは不思議そうに口を開く。

「だが、フランチェスカ嬢の力は聖獣たちを治癒するものなのだろう？」

「「え……？」」

フランチェスカとマラキの声が揃った。フランチェスカとマラキは、フランチェスカが人の病を治癒できることを知っている。一方でレオナルドは、グレイシャーを治癒できることしか知らない。

フランチェスカは人の病を治せることで利用されることを危惧していたが、その心配はまったくないということになる。

フランチェスカはマラキと目を合わせて頷いた。アイコンタクトでこのまま隠しておいた方がいいという考えが一致したのだとわかった。

「俺は聖獣を治療できる素晴らしい力だと思うが、なにか他に隠したい理由があるのか？」

「そ、それは……」

「聖獣は基本的に病に侵されることも、老いることもない。もちろん怪我はすることもあるが、人よりも早く治る。もしかしてそのことで肩身が狭い思いを？」

「えっ……⁉　あっ、そうですわ。ねぇ、マラキ！」

「う、うん！　そうだね」

「聖獣を治療する機会なんてまずありませんし、言ったとしても信じてもらえないことも多くて」

「そうだったのか」

レオナルドは納得したように頷いた。

「それならばエディマーレ男爵領で体調がよくなるという理由がわかる気がする。聖獣が元気になれば人も気分が明るくなる。フランチェスカ嬢のおかげなのだろう？」

レオナルドはキラキラとした視線をこちらに送っている。

聖獣しか治せないと思われているのならば、フランチェスカとシュネーの人の病を治せる力が利用されることもない。聖獣が体調を崩すのは稀だからだ。

訳あり令嬢としての理由も『信じてもらえない』のであれば納得してもらいやすい。バレないよう、今まで必死に力を隠してきたが、レオナルドが認識した通り『聖獣を治療できる』となればフランチェスカは欲望のまま利用されることなく、以前と同じ思いをせずに済みそうだ。

フランチェスカとマラキは先ほどの態度を一転させて、声を揃えて「『協力します』」と言った。レオナルドは少しだけ不思議そうにしていたが、「ありがとう」と柔らかい笑みを浮かべた。

それから三人で状況を整理していたところ、フランチェスカはあることに気付く。

「キャシディ様が登城する際に、マレーはいつもどこにいたのでしょうか？」

「マレーはいつも城内を自由に動き回っていた。グレイシャーがマレーを拒否することはなかった。グレイシャーは人を選びはするが、すべての聖獣たちに等しく接している」

レオナルドの言葉を聞いて、フランチェスカの頭にあることが思い浮かぶ。

聖獣たちやグレイシャー、かつてシュネーを苦しめた黒い煙は、キャシディの聖獣マレーによって引き起こされるのではないか、と。

「マレーがグレイシャーのもとに行っていたのだとしたら辻褄が合うと思います。姉上が言う通り、令嬢たちの聖獣とマレーが共にいたのだとしたら考えられなくもない」

「だが、もしマレーが聖獣たちを傷つけているのだと仮定して……なぜ、聖獣たちはそれに気付かないのだろうか？　彼らは悪意に敏感なはずだ」

「マレーが聖獣だとしても、聖獣が同じ聖獣を傷つけるなんて信じられません」

レオナルドとマラキの言う通りだった。なにか危険があるはずなのに皆、それを察知できない。もしマレーとキャシディが犯人だとしてもその証拠もない。フランチェスカは首を捻った。

しかし聖獣を傷つけられるものと聞いて、フランチェスカはある存在が頭に浮かぶ。

「……魔獣。聖獣を傷つけられるのだとしたら、マレーが魔獣という可能性はないでしょうか？」

フランチェスカの言葉にふたりは目を見開いている。レオナルドが眉を寄せながら答えた。

「魔獣はグレイシャーの力でこの国には入れないはずだ。もし魔獣ならなおさら、敏感に気配を感じ取るはずだろう？」

レオナルドの言う通り、他国とは違い、神獣グレイシャーのおかげでロドアルードは違う。

王国に魔獣は入り込めない。他国は武力で対抗するしかないのだがロドアルード王国

魔獣に関してはそれでいいが、他国に攻められた時に対処できないからと、レオナルドの提案により騎士たちの育成に力を入れている。レオナルド自身も剣の訓練に毎日励んでいた。

「ですが、それしか考えられません。でなければグレイシャーが傷つけられることはないと思うのです」

「確かにフランチェスカ嬢の言う通りだな。グレイシャーの力で魔獣が絶対にいないと考えるのは早計だ。その可能性は十分にある。マレーについて少し調べてみよう」

「はい。レオナルド殿下、お願いいたします。私は体調を崩した令嬢たちの聖獣の治療に回ろうと思います。問題は……」

「それがキャシディにバレた時に彼女がどう動くかだな。フランチェスカ嬢が危険な目にあうことだけは避けたい」

「シュネーと私がマレーの毒牙にかかれば治療できる者は……」

そう言いかけてフランチェスカは言葉を止めた。

シュネーが魔獣になる原因を作った体調不良。フランチェスカとシュネーが長く時

間を共にしたのはグレイシャーかマレーだけだ。シュネーの具合が悪くなり、治療できる人はいなくなってしまった。

それと同時に他の聖獣たちも体調が悪くなっていく。キャシディによって、それをすべてシュネーとフランチェスカのせいにされてしまった。けれどその原因がマレーだとしたら、すべての辻褄は合うのではないか。

そして唯一、その力を消し去ることができるフランチェスカとシュネーが潰されてしまえば、マレーとキャシディはやりたい放題というわけだ。

（もしかして、具合の悪いグレイシャーを放置したり、具合の悪い聖獣たちも放っておいたりしたら、魔獣になってしまうということ？）

以前、レオナルドの婚約者はたまたまフランチェスカだった。だからキャシディはフランチェスカとシュネーを狙った。しかし今は……。

「キャシディは次期王妃の座に強い執着を示している」

マラキがそれを聞いて口を開く。

「だとしたらグレイシャー様を苦しめる理由はないはずです。グレイシャー様がいなくなったら王妃になるどころではないことはわかっていますから。もしかしたら王妃の座に執着するというより、キャシディ様はレオナルド殿下に執着しているのではないですか？」

「俺に……？」

「確かにキャシディ様がレオナルド殿下に執着しているとなれば、自分を認めないグレイシャー様を攻撃する理由も、レオナルド殿下に近付こうとする令嬢たちへの攻撃もわかる気がします」

「キャシディ様は邪魔者を消し去るためにマレーを利用しているのね」

「姉上に接触したのは、グレイシャー様の体調がよくなった原因を探るためではないでしょうか？」

マラキの言葉にレオナルドとフランチェスカは目を丸くした。改めてマラキの優秀さに鼻高々なフランチェスカとは違い、レオナルドは苦い顔をしている。

責任感の強い彼のことだ。きっと自分を責めているのだと思った。

「でも唯一対抗できる姉上とシュネーが潰れてしまえば、聖獣たちを治療する手立てはない」

「今回の件、慎重に動かなければフランチェスカ嬢にもシュネーにも危険が及ぶ。どうしたものか」

一度目の人生でもシュネーはキャシディに近付かなかったが、マレーとは毎回、遊んでいたことを思い出す。

フランチェスカも聖獣たちに苦しんでほしくはない。レオナルドもグレイシャーを心配していた。フランチェスカはシュネーを苦しませてしまった辛い記憶を持っている。

（もう誰にもあんな思いをさせたくはないわ！）

フランチェスカは膝の上でグッと手を握った。このまま放置しておけばいずれ、フランチェスカとシュネーのようになってしまう。

「まずは苦しんでいる令嬢たちの聖獣を救いに向かいたいです！」

フランチェスカは勢いよく立ち上がる。

「だけど姉上は今、キャシディ様にマークされている状態だ。このまま行くのは危険だよ！」

マラキがフランチェスカを引き止めるように腕を引いた。目に涙を浮かべて必死に引き止めようとするマラキを見て、フランチェスカはマラキを抱きしめた。

「大丈夫よ、マラキ」

「ダメだ……！」

「でも苦しんでいる子たちを放っておくことはできない。聖獣を失う苦しみは誰よりもわかるもの」

「……姉上？」

心配そうなマラキを見て、フランチェスカは安心させるように笑った。

「せめて、キャシディ様とマレーがどうやって聖獣を苦しめているか証拠を掴めればいいのに」

レオナルドはマラキの言葉を聞いて考え込んでいるようだ。

「フランチェスカ嬢、暫くの間、城に住んでみないか？」

「え……？」

「聖獣を治療するのなら、令嬢たちに登城してもらった方がフランチェスカ嬢を守りやすい。キャシディが突然、エディマーレ男爵邸を訪れたら守れない。公爵家の令嬢であるキャシディの要求を堂々と跳ね除けられるのは王家だけだ」

「確かにそうですが」

「そしてマラキ、君も来てくれないか？　そうだな……コルビンの友人として王家に遊びに来たことにすればいい。フランチェスカ嬢はその付き添いとして来たことにしてカモフラージュしよう。それならば、フランチェスカ嬢が王家にいても怪しまれない」

「それはいい案ですが、キャシディ様がレオナルド殿下に近付く姉上を許すとは思えません！」

確かにマラキの言う通りだった。幼い頃から城に出入りしているキャシディを急に出入り禁止にしたら怪しまれてしまう。

「だから別の存在を用意しよう」

レオナルドの提案の意味がわからずに、フランチェスカとマラキは首を傾げた。

「フランチェスカ嬢が来るまでに架空の女性を用意する。聖獣を治療できる特別な力を持つ女性だ。その人がグレイシャーの治療をしてくれたと発表すればいい」

「え……？」

「その女性はグレイシャーに気に入られて、近々、俺との婚約を発表するかもしれないと嘘の噂を流していく。その女性を平民とするのもいいかもしれない」

「なるほど！　そうすれば姉上に目が向くことはないですね」

「ああ。いくら探しても情報は出てこない。キャシディは焦り、その女性を潰そうと動くだろう。暫く泳がせてその女性は聖獣がいない平民とわかったとしたら……？」

「キャシディ様はマレーを使えない。正体がわからないから圧力をかけようがない、例外を除いて、聖獣と契約できるのは貴族だけだ。だからあえて平民と伝える。

ということですね？」

「一カ月後に王家主催の舞踏会が開かれる。その時までに証拠を集めよう」

レオナルドの言葉にフランチェスカとマラキは頷いた。

「姉上を守ってください。レオナルド殿下」

「任せてくれ。フランチェスカ嬢は俺が必ず守る」

レオナルドと目が合った。彼は真剣な表情でフランチェスカを見つめている。心臓がドクドクと音を立てている。そんなフランチェスカの気持ちを知ってか知らずか、レオナルドのゴツゴツと硬い手のひらが包み込むようにフランチェスカの手を掴んだ。

「それと今回、架空の女性が婚約者という設定で動いていくが、俺が結婚したいと思っているのはフランチェスカ嬢だけだ」

「……っ⁉」

レオナルドの突然の告白に驚いたのはフランチェスカだけではないだろう。隣にいたマラキも呆然としている。

「それ以外の女性は考えていない。俺はフランチェスカ嬢が……」

「ス、ストップです！」

フランチェスカの言葉に合わせるように、今まで大人しくマラキの隣に腰かけてべネットと共に眠っていたはずのシュネーが、レオナルドの顔面に張りつくようにして飛びかかる。

部屋に響き渡るフランチェスカの悲鳴。マラキは慌てて立ち上がり、シュネーをレオナルドから引き剥がす。『アンッ』と元気よく鳴いたシュネーは舌を出しながらフランチェスカの前にちょこんと座った。

「申し訳ございません。レオナルド殿下」

「ははっ、シュネーもフランチェスカ嬢を守っているのだな」

『ワンッ』

レオナルドも呑気に笑っているが、シュネーの行動にはひやひやしてしまう。この場に母がいたら気絶していただろう。

「フランチェスカ嬢に好きだと伝えたいだけなんだが」

「レオナルド殿下、マラキの前ですっ！　自重してください。恥ずかしいです」

「ふたりきりの時なら想いを伝えてもいいのか？」

「なっ……！　そういうことではありません」

「ならば、いつフランチェスカ嬢を口説けばいい？」

「そ、それはっ」

レオナルドは真顔で問いかけてくる。その言葉を聞きながらフランチェスカは顔を真っ赤にしていた。

（なぜ、レオナルド殿下は今回、こんなに迫ってくるのかしら）

シュネーとフランチェスカが持つ人に対する癒しの力が判明しておらず、以前よりもずっと関わりが少なかったはずなのに熱量が増しているレオナルドに驚いていた。

シュネーはフランチェスカを守るように、レオナルドの前に立ち塞がっている。見つめ合いながら動かなくなってしまったレオナルドとシュネーに、フランチェスカは戸惑いを隠せなかった。

その後、マラキが「僕はシュネーと共にここを出ますので、後はごゆっくり」と言ってシュネーを抱え上げた。

シュネーはクークーと鼻を鳴らして寂しそうに鳴いていたが、マラキが心配で扉の前に待機していたベネットによって、首根っこを掴まれるようにして連れていかれてしまった。

シュネーがそばにいないままレオナルドとこうして顔を合わせることは、今回に関しては初めてだった。

いつもかっちりとした格好をしているレオナルドだが、こうしてラフな格好もよく似合う。シンプルだからこそ素材のよさが引き立つというものだろう。

レオナルドの端整な顔立ちを見ながら、フランチェスカはしみじみと思っていた。

紅茶のおかわりを淹れにやってきたヤナは、レオナルドとフランチェスカの前で一礼すると嬉しそうに去っていく。この後、ヤナに根掘り葉掘り聞かれそうだと思いながら、フランチェスカは紅茶のカップを持ち上げる。喉を潤してからレオナルドに問いかけた。

「どうして私なのですか？」

「以前言った通りだ。フランチェスカ嬢だから好きだと思った。確かに関わった時間は短いけれど、いい加減な気持ちで想いを伝えているわけではない」

あまり感情の起伏のないレオナルドの頬が、ほんのりと赤く染まっていくのがわかる。フランチェスカも照れてしまい、思わず俯いた。

「レオナルド殿下は私と結婚したいとおっしゃってましたけど、私は男爵令嬢で王妃には到底ふさわしくありません」

「俺は爵位に関係なくふさわしい者が王妃になるべきだと思っている」

「え……？」

「君は男爵領の立て直しにもひと役買っていたそうだな。それに舞踏会よりもグレイシャーの体調を気遣い、力を貸してくれた。感謝している」

「は、はい」

「なにか事情があって力を隠したかったのだろうが、君の気持ちを聞くことなく押しかけたこと申し訳なく思う」

「……レオナルド殿下」

「普通ならばすぐに名乗り出て報酬を要求するだろう。しかし君の控えめなところも強かな部分も、聖獣を愛する気持ちが強いことも俺は素敵だと思っ……」

フランチェスカはレオナルドの口元を手のひらで押さえた。これ以上は恥ずかしくてどうにかなってしまいそうだったからだ。レオナルドはフランチェスカの手を取ると指先に口づける。

「フランチェスカ嬢。その反応は期待してもいいのか？」

「～～～っ！」

「顔が真っ赤だな」

嬉しそうに微笑んでいるレオナルドから、フランチェスカは悔しくて顔を背けた。

レオナルドは「嬉しい」と耳元で囁いた。

押されっぱなしのフランチェスカは悔しくなり、レオナルドを見つめてみる。すると彼はキョトンとした後にスッと頬を赤らめて視線を逸らす。

「レオナルド殿下も頬が赤いではありませんか！」

「そんなかわいらしい表情で見つめられたら誰だってそうなる」

「なっ……！　そ、そんなリップサービスに騙されませんから」

「リップサービスじゃない。本心だ」

「ほっ、本心っ⁉」

「ああ、自分が女性に対してこんなに愛おしい気持ちになったのは初めてだ。信じてほしい。フランチェスカ嬢」

「……っ」

「かわいらしいフランチェスカ嬢を守ってあげたいと思う」

「レオナルド殿下、口を閉じてください！」

「ところで、フランチェスカと呼んでもいいだろうか？　もっと親しい仲になりたいんだ」

そんなふたりのやり取りを、マラキはシュネーを抱えながら窓の外から眺めていた。

ベネットは木の陰で寝転んで欠伸をしている。

「ねぇ、シュネー。あのふたりって絶対に両想いだよね」

『ワンッ!』

「お似合いのふたりだね」

『ワンッ!』

このやり取りは、フランチェスカとレオナルドがシュネーとマラキに気付くまで続いたのであった。

王都に帰る前、レオナルドに「二週間後までには準備を整えてタイミングを連絡する。迎えを送るのでマラキと共に城へ来てほしい」と言われて、フランチェスカは頷いた。

フランチェスカは両親に「コルビン殿下が今度は王都にマラキを二週間ほど招きたいそうで、たまたま近くにいたレオナルド殿下が伝えに来てくれた」と説明した。

その後、レオナルドによってグレイシャーを治した女性の噂を大々的に流したようだ。

エディマーレ男爵領にもその噂は流れてくる。レオナルドがその女性と結婚をするのではないかとも聞いた。両親やヤナはフランチェスカに期待を寄せていたのか、がっかりした様子だった。

しかしフランチェスカとマラキは、レオナルドが着々と準備を進めているのだと思った。その間もレオナルドとの手紙のやり取りは続いていた。

そして二週間ぴったりで、レオナルドの手配によってエディマーレ男爵邸には豪華な王家の馬車が停まる。フランチェスカは、マラキとベネット、シュネー、ヤナ、ポールと共に馬車に乗り込んだ後、両親に手を振ってから王都へと向かう。

休憩を挟みながら丸一日、馬車に揺られて城に到着する。国王との謁見の時間まで食事を取り、休憩していた。寝ているベネットのそばでシュネーは、疲れを見せることなく飛び跳ねている。

謁見の間に通されたフランチェスカは深々と腰を折る。国王の「顔を上げてくれ」という声に合わせて頭を上げた。国王の隣にはレオナルドとグレイシャーの姿もある。

「フランチェスカ・エディマーレ、グレイシャーの件はレオナルドから報告を受けている。我々はフランチェスカ嬢に心より感謝している」

「恐れ入ります。国王陛下」

エディマーレ男爵領にコルビンとレオナルド、グレイシャーが行った際に、フランチェスカの力でグレイシャーを治したと知ったロドアルード国王は、驚いたそうだ。

立派に蓄えた髭を撫でながら、グレイシャーに視線を送る。

「フランチェスカ嬢がいなければ、グレイシャーはどうなっていたかわからない」

「グレイシャー様は危険な状態でした。おそらくグレイシャー様だから耐えられたのでしょう。レオナルド殿下に聞いた話によると、他の聖獣たちはかなり具合が悪いようです」

「……そうか。王家は全面的にフランチェスカ嬢に協力する。レオナルド、頼むぞ」

「はい。必ずフランチェスカを守ってみせます」

国王はそんなレオナルドの様子を見て、なにか思うところがあったのか、「ほう」と嬉しそうにしている。

今はまだ力のことを内密にするよう国王に頼んだフランチェスカだったが、この件が落ち着いたら是非皆の前でお礼をしたいとのことだった。

キャシディについては、レオナルドが信頼できる人に作戦を話して協力を求めた。オルランド公爵にも伝わらないように慎重に動いたそうだ。

国王も「もしこれが本当ならば一大事だ。なによりこの国の守り神である神獣に手をかけるなど許されることではない」と快く協力してくれた。コルビンは素直で嘘がつけない性格のため、作戦は内密に行われることとなった。

王家の協力のもと、フランチェスカは動くことになった。

マラキはベネットと共にコルビンの相手をしている。ヤナとポールにはフランチェスカの聖獣を治療できる力のことを伝え、フランチェスカと背格好の似ているヤナが、変装をして一日ごとにバルーゼ子爵やミドレス伯爵家、ビビット侯爵家を巡り、その間レオナルドは公の場に顔を出し、共に行動していないことをアピールした。

城にいるフランチェスカのもとには、体調を崩した聖獣を連れた令嬢たちが順に訪れ、治療を行う。ポールには、フランチェスカと令嬢たちがキャシディと城内で顔を合わせないように、城に騎士と共に手を回してもらった。どの聖獣もグレイシャーや具合が悪くなったシュネーと違い、症状はとても軽いものだったので一度の治療で全快した。

各家には聖獣を治す代わりにフランチェスカを守るための協力を求めた。キャシディにバレないよう、フランチェスカの力のことを内密にすると約束させたのだ。

「フランチェスカ様、以前はシュネー様とフランチェスカ様のことをなにも知らずに笑ったりして、本当に申し訳ありませんでした」

「いいえ、私も力を隠していたので……」

「今回のこと、深く深く感謝しております！」

バルーゼ子爵家のマーシャ、ミドレス伯爵家のアンとレレナ、ビビット侯爵家のライラックは皆、フランチェスカに感謝していた。

元気になった聖獣を涙ながらに抱きしめる姿を見て、フランチェスカも安堵する。

そして以前は絶望感で消えていたある気持ちを思い出す。

（わたくしは……この笑顔のために力を使っていたんだわ）

皆の協力のおかげでフランチェスカとキャシディが直接、接触することはない。

そして、体調がよくなった聖獣たちの様子を気にしてキャシディが令嬢たちに接触する前に、レオナルドとグレイシャーを治した女性との婚約が一週間後のパーティーの時に発表されるとの噂をオルランド公爵にも伝わるように流して、彼女たちに被害が及ばないようにする。

万が一のため、令嬢たちにはマレーには絶対に近付かないように注意を呼びかけた。

噂が広まるにつれてキャシディはこちらの思惑通りに動いた。

まずはレオナルドの相手の女性について、城に働く者たちに根掘り葉掘り聞いてきたこと。そこでさらに『平民』というワードを流す。貴族の令嬢ならまだしも、平民となるとキャシディはまったく知らないだろう。引くどころか血眼になってその人物を暴こうとした。またキャシディやオルランド公爵は昼間は城の中を自由に動いているため、鉢合わせしないように注意する。

グレイシャーに気に入られているという情報を裏づけるように、聖獣を治療している女性の部屋のもとにマレーが入り込まないよう、グレイシャーを配置した。

マレーの力はグレイシャーには効きづらく、一方で普通の聖獣たちは一度関わっただけでも具合が悪化してしまうのではないかという結論に至った。

（一度目の時、グレイシャーと同じようにマレーに何度会っても、シュネーが大丈夫だったのはどうしてかしら……相反する力を持つから？）

それとも神獣のグレイシャーと同じように、シュネーも国を魔獣から守る結界を張れるほど大きな力を持っているのかもしれないと考えたフランチェスカだったが、そもそも体の大きさや毛色が違うのにありえないと思い直した。

すると次第にキャシディの様子が荒々しくなってきたと、城で働く侍女たちから知らされた。

レオナルドとの結婚を仄めかしたところ、どうにかして名前すらわからない女性の正体を知ろうと躍起になっているようだ。キャシディから聞いたオルランド公爵が得体の知れない平民女性の正体を国王に聞き出そうとしたがかなわず、厳戒態勢で守られていることに違和感を覚えているようだ。

その説明は国王が行っていた。

『グレイシャーも彼女を気に入っている。なぜならグレイシャーを救ったのは彼女だからだ』

そして彼女が正体を隠すのは聖獣たちの体調不良を治すための条件だと語り、そろそろレオナルドとの婚約を考えていることを話す。オルランド公爵に『平民なのにこの国の王妃になるのですか?』と猛反発を受けた。

何人たりとも立ち入れない謎の女性の部屋。それは瞬く間に噂となり、広がっていく。

レオナルド本人も『俺は彼女を心から愛している。グレイシャーが今後どうなるかわからない以上、俺が彼女を守っていく』とキャシディに語った。

キャシディはレオナルドの前で『わたくしの方が……ふさわしいに決まっているわ』と、目を見開きながら言ったそうだ。

その時のキャシディの瞳の色がエメラルドグリーンから赤く染まったと聞いて驚いた。

フランチェスカは自分が見たものが気のせいではないことを悟る。

あの時、キャシディやレオナルドがマレーと同じ瞳の色に変わったこともなにか意味があるのではないかと思っていた。

城に来てからというもの、レオナルドとフランチェスカはいつもふたりで作戦を練っていた。マラキにはコルビンがベッタリでなかなか参加できなかったからだ。

今日も話が終わるとレオナルドからの熱視線を感じる。

城に来てからもうすぐ二週間が経とうとしていた。フランチェスカはキャシディやオルランド公爵がいない夜に、レオナルドと今日起きた出来事を話したり作戦を練ったりしていた。

「フランチェスカ、疲れていないか？　不自由な思いをさせてすまない」

「いえ、レオナルド殿下のおかげで動きやすいです」

「今度、ゆっくり城下町を巡るのはどうだろうか。フランチェスカが好きそうなケーキがあるカフェがあるのだが」

「カフェですか！　是非、行ってみたいです」

「そうか。他にもフランチェスカに喜んでもらえそうな場所が……」

レオナルドの手がフランチェスカに触れた瞬間だった。レオナルドの顔面にジャンプしたシュネーが張りつく。

「シュネー！　レオナルド殿下、大丈夫ですか⁉」

「むっ……大丈夫だ」

フランチェスカがレオナルドに口説かれるたび、それを見たシュネーがフランチェスカを守るように立ち塞がる。

レオナルドとシュネーの攻防戦は見ていてハラハラするが、レオナルドは今までにないくらいに楽しそうだ。

グレイシャーもそんな様子を眺めながら嬉しそうにしているのが伝わってくる。

ふたりと二匹で過ごすこの時間にフランチェスカは幸せを感じていた。

「こうしてフランチェスカと過ごす時間を毎日楽しみにしている」とレオナルドは言った。フランチェスカも同じ気持ちだった。一日、一日と積み重ねるごとに彼との思い出は増えていく。ふたりきりで過ごす時間はかけがえのない時間になっていた。

時が戻る前にはふたりを阻む壁がたくさんあった。本当はこんな関係で穏やかに過ごせていたのだと思うたびに涙が滲む。

レオナルドの腰には今もあの時の剣が携えてある。

代々、王家に伝わる剣で闇を祓うとされているそうで、隣国に行く機会も多く、グレイシャーを連れていけない時に身を守るために大切なものだと、レオナルドから教えてもらったことがあった。

英雄ロドアルードから受け継がれるものとして、グレイシャーと共に受け継がれている。

レオナルドを見ても以前のように腹部が痛むことはなくなった。彼と共に過ごす時間は、ポッカリと空いていたフランチェスカの心の穴を埋めてくれた。

フランチェスカとレオナルドは窓の外に広がる星を見上げながら話を続ける。

「この件が解決したら、俺との関係を真剣に考えてくれないか？」

「……レオナルド殿下」

「共に過ごしていくうちに、やはり君しかいないと思った。俺は結婚するならば絶対に君がいい。フランチェスカしか考えられない」

手を握りながらこちらを真剣に見つめるレオナルドの姿を見て、フランチェスカは目を伏せた。

もしもシュネーが魔獣になった原因がキャシディとマレーならば、彼女たちがいなくなることでシュネーが傷つく可能性はなくなる。

フランチェスカが城で過ごすことに怯えることもないだろう。こうして知識を得た今、レオナルドを求める令嬢たちの嫉妬にも冷静に対処できそうだ。

もう自分の気持ちに嘘をつかなくていいのなら、フランチェスカはレオナルドの手を取りたいと思っていた。しかし今はレオナルドの気持ちを自覚して浮かれている場合ではないと、フランチェスカは顔を上げて答えた。

「この件が終わったら、私の気持ちを伝えようと思います。それまで待っていてくれますか？」

フランチェスカの言葉にレオナルドは目を見開いた。そして嬉しそうにフランチェスカを抱きしめてから口を開く。

「ああ、もちろんだ。ありがとう、フランチェスカ」

「まだなにも答えておりません！」

「それでも俺との関係を真剣に考えてくれることが嬉しいんだ」

レオナルドのフランチェスカを抱きしめる力が強まった。

「またそうやって！　レオナルド殿下は私を甘やかすのはやめてくださいっ」

「まだまだ足りないくらいだ。でも今は、フランチェスカはなにも受け取ってくれなそうだから」

「もう十分、足りてます……！　そろそろ恥ずかしいのでやめてください！」

「恥じらうフランチェスカも素敵だな」

フランチェズカの頬がほんのりと色づいた。レオナルドは真剣な表情で言っているからこそ照れてしまう。

「かわいいよ、フランチェスカは」

ついにフランチェスカの顔は真っ赤になってしまう。レオナルドの口を塞ごうと手を伸ばすものの、手首を掴まれて止められる。そのまま愛おしそうに手の甲に口付けた後に、再び「やっぱりフランチェスカのことが大好きだ」と追い打ちをかけるように言った。

「っ、レオナルド殿下、その口を今すぐに閉じてください」

「ははっ、無理だな」

フランチェスカとレオナルドの攻防戦にシュネーはまた始まったか、と言わんばかりにグレイシャーのもとに向かい、当然のようにグレイシャーが丸まっている足元に腰かけた。あまりにもレオナルドがフランチェスカに迫る回数が多いため、疲れてしまったらしい。あくびをしてから目を閉じて気持ちよさそうに眠り始めた。

二週間の滞在予定だったが、あと一日でフランチェスカたちの城での滞在も終わろうとしていた。それと同時に王家主催の舞踏会が開かれる。

『王家主催の舞踏会でレオナルドの婚約が発表される』

二週間前に流した噂は徐々に広まって、貴族たちはその姿を見ることを心待ちにしているようだ。レオナルドとグレイシャーがその女性のそばを片時も離れないところを見て、様々な憶測が飛び交っていた。

『平民でありながら神獣と契約している』

『奇跡の力を持っている』

あまりにも異常な王家の対応にそう思う貴族も多いようだ。

一方、レオナルドの婚約者の座を狙っていた令嬢たちは『王家を短期間で掌握した悪魔のような女性』と言って敵視しているらしい。

フランチェスカももちろん舞踏会に参加して、キャシディの動向を見ていなければならない。マレーがどう動くのかを注視するためだ。

その日の夜、国王や大臣、レオナルドと共に舞踏会の打ち合わせをしていた。

舞踏会では仮面を用意して噂の婚約者に変装し、フランチェスカが立つつもりだとレオナルドに話す。

キャシディと対峙した際の反応や動きを見るためだ。

なにかあれば大変だとレオナルドは大反対した。フランチェスカの希少性の高い力を知った国王や大臣たちも反対したが、フランチェスカは譲らなかった。シュネーも賛成してくれた。フランチェスカはこれ以上、誰にも傷ついてほしくないと思っていた。

「フランチェスカ……危険だ！」

「けれど、誰かがこの役をしなければなりません。向こうがどう出るかわからない以上、誰がこの役をしても危険です」

「フランチェスカになにかあれば俺はっ」

「それなら大丈夫です」

「え……？」

「レオナルド殿下が私を守ってくださると言ったではありませんか」

フランチェスカがそう言うと、レオナルドは大きく目を見開いてから唇を噛んだ。

そして深呼吸をした後にフランチェスカの前に剣を差し出した。

「フランチェスカは俺とグレイシャーで必ず守る」

フランチェスカはレオナルドの手にそっと自らの手を重ねてから目を閉じた。

「お願いします。レオナルド殿下」

「ああ、任せてくれ。グレイシャー、頼むぞ」

グレイシャーはフランチェスカに体を擦り寄せた。

「ふふっ、グレイシャーもありがとう」

シュネーも立ち上がり、前足でフランチェスカの足を何度も引っかいてアピールしている。シュネーもフランチェスカを守るからと伝えてくれているのだと思った。

(きっとうまくいくわ。絶対に大丈夫……！)

恐怖に震えるフランチェスカの手をレオナルドがそっと握り、抱きしめてくれる。

いつもならすぐに腕から抜け出そうともがくフランチェスカだが、今日はレオナルドの腕の中で皆の無事を祈った。

◆◆◆

レオナルドはフランチェスカを部屋に送り届けて自室に戻り、先ほどのフランチェスカの様子を思い出していた。

自分よりずっと小さな体と手は震えていた。フランチェスカは自身が囮となるような形で前に出ると言ったが、やはり恐怖があるのだろう。しかしフランチェスカはレオナルドに身を任せてくれている。

『レオナルド殿下が私を守ってくださると言ったではありませんか』

その言葉を聞いてフランチェスカの期待に応えたい……そう強く思う。

思えば六年前からフランチェスカのことが気になっていた。しかし彼女と話す機会は一向に訪れない。聖獣をあんなにも愛おしそうに抱きしめていた令嬢は他にいない。あの笑顔をもう一度見たいとずっと思っていた。

フランチェスカが社交界に出ないのは婚約者がいるのではないかと、噂で聞いた時には激しく落ち込んでしまう。諦めなければと思うのと同時に、もう一度だけフランチェスカと話がしたいと思っていた。

気の進まない舞踏会で、薄水色のドレスを纏って辺りを見回しながら壁際を移動しているフランチェスカの姿を見た瞬間、レオナルドの胸は高鳴る。

ミルクティー色の髪とローズピンクの瞳を忘れたことなんてない。目が合うと今まで抑えていた気持ちが溢れ出しそうになる。

（フランチェスカ嬢のことをもっと知りたい）

しかし話はできたものの、彼女は急用ができたからと二階のテラスから飛び降りてしまった。

（俺はフランチェスカ嬢に嫌われてしまったのだろうか）

大きなショックを受けていたレオナルドだったが、グレイシャーと共にいるフランチェスカを見た時に彼女がグレイシャーを救おうとしてくれていたのだと気付くことができた。ますます募る、彼女が愛おしいという思い。

そして、コルビンがフランチェスカの弟マラキと親しいことを聞いて、あることを思いつく。グレイシャーを空気のいいエディマーレ男爵領で療養してはどうかと提案したのだ。

それと確かめたいこともあった。

『エディマーレ男爵領では奇跡が起こる』という噂についてだ。

国王が了承し、コルビンもマラキとマラキの聖獣ベネットに会えることを喜んでいた。そしてレオナルドは自分もエディマーレ男爵領に行きたいと申し出た。

それには国王も目を見張る。

レオナルドはフランチェスカにもう一度会いたいと思っていた。それにフランチェスカならばグレイシャーを治療できるのではないかとも。

またフランチェスカに逃げられたくないからと、国王にはレオナルドが行くことは伏せてくれと頼む。

エディマーレ男爵邸に着くと、フランチェスカは心底驚いた顔をしていた。そしてグレイシャーを治療できる力を内密にしてほしいと伝えられてレオナルドは頷いた。

一週間という短い間ではあるが、グレイシャーの治療を通じてフランチェスカとの距離は近くなっていく。彼女のことを知れば知るほどに好きな気持ちが膨れ上がる。

シュネーが顔面に張りついて焦っている顔も、笑顔も、照れている顔も、いろんなフランチェスカの表情を見るたびに満たされていく。

とにかくフランチェスカが好きだという気持ちを言葉にしたい。フランチェスカに断られたとしてもレオナルドは諦めたくなかった。

フランチェスカがレオナルドに対して複雑な感情を抱いていることはわかっていた。時折、こちらを見ながら苦しそうに眉をひそめるフランチェスカの姿を何度か見たことがある。なにかに怯えている……それだけはよくわかった。

ゆっくりと距離を詰めていくべきだと反省するのと同時に、彼女を笑顔にしたい、幸せにしたいとそう強く思うのだ。

エディマーレ男爵領から王都に帰った後も、フランチェスカの笑顔を思い出して幸せな気分になる。

そしてキャシディとマレーのことをきっかけに、フランチェスカが城に滞在することになった。

グレイシャーが起き上がれなくなるほどに体調を崩した原因、キャシディとマレーの行動、フランチェスカの証言や一気に体調が悪くなる聖獣たちの話を聞いて、すべてが繋がったような気がした。キャシディのレオナルドに対する執着とかけられた言葉の意味も、今ならば理解できる。

フランチェスカの持つ『聖獣を治療する力』を貸してもらい、緻密な作戦を立てて動いていた。その間もフランチェスカの顔を見るたびに彼女に自分の気持ちを伝えていく。

フランチェスカと話す時間はレオナルドにとってかけがえのないものになっている。たびたびシュネーに邪魔はされるものの、フランチェスカの慌てる顔を見るためなら悪くないと思えた。

『この件が終わったら、私の気持ちを伝えようと思います。それまで待っていてくれますか？』

フランチェスカの言葉が嬉しくてたまらなかった。謙虚で笑顔がかわいらしく、聖獣に愛されている彼女は輝いて見える。

以前のように断られてしまうのでは、と思っていたレオナルドだったが、フランチェスカの気持ちが少しでもこちらに傾いてくれたのなら、これ以上嬉しいことはない。

フランチェスカはこの件を解決するための鍵であり、愛する人でもある。フランチェスカとシュネーは絶対に守らなければならない。

（たとえ俺の命に代えても、フランチェスカだけは守ってみせる）

レオナルドは剣を撫で、明日に備えて眠りについたのだった。

# 四章　目覚め

キャシディ・オルランドはオルランド公爵の長女として生まれた。

キャシディはなにひとつ不自由な思いをしたことがない。

ドレスも宝石もお菓子も手に入り、どんなわがままでも受け入れられてしまう。兄がふたりいるキャシディはどんな時でもお姫様だった。

けれどその半面で心には大きな穴が空いていた。空虚な心を埋めるものはなにもない。ただ、つまらないドス黒い感情だけがキャシディの中に燻（くすぶ）っていた。どんなに横暴でも欲深くてもキャシディは許されてしまう。それがキャシディの〝つまらない〟を加速させていく。

兄たちには厳しい父もキャシディには甘い。ニコリと笑えばそれでなにもかも手に入る。

（全部がわたくしの思い通りになってしまうのよ！）

両親も兄も立派な肉食獣の聖獣を連れていた。オルランド公爵家は獅子を家紋に掲げている。それはロドアルード王国ができた際に王家を守るために与えられた力だった。

オルランド公爵家はそれを誇りに思っていた。

ライオン、黒豹、虎、チーターなど大きな聖獣たちに囲まれて育ってきたキャシディは、オルランド公爵家以外の小さくて弱そうな聖獣たちを馬鹿にしていた。素晴らしいオルランド公爵家に生まれたことが誇らしい。そう思っていたが、そんなキャシディの考えを一転させる出来事が起こる。

それは、キャシディが十歳になり、契約の儀にお気に入りの真っ赤なドレスを着て向かった時だった。

通常、契約の儀は高位貴族の令息、令嬢たちから行われる。

キャシディは家族からの期待を背負って壇上に立った。

（きっとお兄様よりもずっと、かわいくてかっこいい聖獣が来るはずよ！）

無邪気にそう思っていたキャシディを悲劇が襲う。

「え……？」

光り輝く魔法陣、目の前に現れたのは小さな〝白蛇〟だった。

キャシディと同じエメラルドグリーンの瞳とチロチロと飛び出る舌を見て、キャシディはその場から動けなかった。

今まで自分が心の中で馬鹿にしていた小さな聖獣より、もっと小さい体。

（なにこれ？　手違いで誰かの聖獣が紛れ込んでしまったのね。そうに違いないわ……そうじゃないと、わたくしはっ！）

先ほどまであんなに騒がしかった会場は、キャシディの様子を見て静まり返っていた。肉食獣と契約できると思っていたキャシディが、異例の蛇との契約。皆、キャシディの心情を察してなにも言うことができなかったのだ。

困惑する神官に促されるようにしてキャシディは階段を下りていく。おそらくキャシディの聖獣である白蛇は、当然のようにキャシディの腕に飛びついてきた。ひんやりとした鱗が肌を滑った瞬間、キャシディは叫び声をあげたくなった。

（なんで……？　こんなの絶対におかしい）

項垂れるキャシディは怒りを必死にこらえていた。

誰もキャシディに声をかけることはなく、次の令嬢を呼ぶ声が響くのと同時に会場に少しずつ活気が戻っていく。白蛇を振り払うこともできずに立ち尽くしているキャシディの前に、小さな影が落ちる。

父でないことはわかっていた。誰かがキャシディを馬鹿にしに来たのだと思った。

散々、オルランド公爵家の令嬢として肉食獣と契約できることを自慢して回っていたキャシディを馬鹿にするために目の前にいるのだろう、と。

　キャシディが苛立ちを必死に抑えて顔を上げると、そこには少しクセのあるアイスグレーの髪とスカイブルーの目を細めたレオナルドが立っていた。

　キャシディは父の仕事の都合でよく城を出入りしていた。レオナルドとは一緒に遊んだりするものの、感情の起伏が少なくつまらない。優しすぎるし気弱な部分もあり、第一王子とはいえ自分の結婚相手にはふさわしくないと思っていた。

　キャシディはレオナルドにも自分は誰よりも優れた聖獣と契約できるはずだと自慢していた。しかし結果はどうだろうか。お世辞にも素晴らしいとは言えない。

「キャシディ、大丈夫？」

「……っ」

　キャシディはグッと手のひらを握った。いつものようにレオナルドの顔を真っ直ぐ見ることはできなかった。

「大丈夫。どんな聖獣でもキャシディはキャシディだよ」

　レオナルドの言葉に目を見開いた。顔を上げると彼は優しく微笑んでいる。レオナルドの態度にキャシディの心臓がドクリと音を立てる。

　レオナルドから伸ばされた手を振り払い、キャシディは父のもとへ戻ることもできずに会場を飛び出した。長い廊下を走りながらキャシディは白蛇を邪魔だと罵った。

「あっち行け！　お前はわたくしの聖獣じゃないっ」

キャシディは錯乱しながら白蛇を追っ払った。そしてわけもわからずに城の中を走って、いつの間にか地下に辿り着いた。

父の仕事が終わるまでレオナルドと遊んでいた時、ここに入ろうとしたらレオナルドに止められたことを思い出す。

『ここには絶対に入っちゃダメだ』

あの時はレオナルドの言葉を気にすることはなかったが、今になって思い出す。

——コッチニコイ。

そんな声が聞こえた気がした。キャシディは近くにあった蝋燭を取って地下室に続く階段を下りていく。ここではないどこかに行きたいと思った。しかしどこまでも契約した聖獣はキャシディの後をついてくる。キャシディは聖獣から逃げ続けた。

真っ暗な地下の廊下を進んでいく。人の手がまったく入っていない倉庫のような場所に辿り着く。興味本位から古びた鍵を壊して中に入る。

しかし棚と空箱ばかりで特になにもない。キャシディが苛立ちからそばにある棚を蹴り飛ばすと、上から真っ黒な水晶玉が落ちてきた。

「きったない……なんなのよっ！」

キャシディは怒鳴りながら辺りにあるものに八つ当たりをした。自分の思い通りにならない、初めての出来事に苛立ちを発散する。

そんな時、キャシディの耳にどこからか声が届いた。

『タスケテヤロウカ？』

肌がゾワリと栗立つような声だった。声がした方に視線を移すと、そこには先ほどの黒い水晶玉。キャシディの聖獣は引き止めようとしているのか、外に出ようと促している。キャシディは無視して黒い水晶玉の前に座り込む。

『ワタシノテヲトレ。スベテヲテニイレラレル』

「すべてを……？」

『スベテガ、オマエノノゾムママダ……ソシテ、コノクニヲシハイスル』

キャシディはその言葉に強く惹かれた。すべて自分の思うがまま……それは今まで通りに戻れるということだからだ。

『ハヤク、ソノスイショウダマヲコワセ』

「……本当に手に入るんでしょうね？」

『トウゼンダ』

キャシディは言われるがまま水晶玉を地面に思い切り叩きつける。重たい音と共に水晶玉が砕け散る。すると中から黒い煙が噴き出した。
横には真っ黒な大蛇の影があった。大蛇に睨まれてキャシディは一歩も動けなかった。全身から汗が吹き出してくる。しかし次第に言葉の意味を理解していくと心が躍る。

すべてを手に入れた時、空虚な心が満たされるのではないかと思った。大蛇の言葉にキャシディの唇がニタリと歪んだ。

(すべてを手に入れられるなんて、なんて素晴らしいのかしら!)

恍惚(こうこつ)とした表情で高揚から熱くなる頬を押さえたキャシディから先ほどの絶望はもう消えていた。地下室に入るまでいたはずの聖獣はいなくなっていた。代わりに手に入れたのは〝力〟だ。

ずるりと大蛇が首に巻きついた瞬間、心臓がドクドクと脈打って、興奮から笑いが止まらなくなった。キャシディの欲は大きく膨れ上がる。

キャシディはそのままフラフラとした足取りで城の廊下を歩いていた。その頃には、キャシディの首には大蛇ではなく瞳が赤い白蛇が巻きついていた。もう少しで会場に着く……そんな時だった。

「……キャシディ！　ここにいたのか、捜したんだぞ⁉」

「レオナルド、殿下？」

「オルランド公爵も心配している。会場に戻ろう」

「どう、して……？」

「キャシディが心配だったから」

レオナルドがキャシディを捜し回ってくれていたのだと気付いた瞬間、今まで感じたことのない熱い気持ちが込み上げてくる。

（わたくしはレオナルド殿下が欲しい……！）

父はキャシディの手を取り、父のもとへと戻った。繋いだ手を離したくなかった。

その後、レオナルドがキャシディを抱きしめて「気にする必要はない」と励ますように言った。

レオナルドがキャシディをエスコートするように手を伸ばす。そのまま門をくぐると、御者によって馬車の扉が開かれた。

（ああ……レオナルド殿下と離れたくないわ）

そう思いつつも、レオナルドと握っていた手を離して馬車に乗り込んだ。

オルランド公爵邸に着いて兄や母に報告したが、特に以前と態度は変わらない。

(ふふっ、以前となにも変わらないじゃない。心配して損したわ)

キャシディは大きな力と共にいつも通りの日常へと戻る。

契約の儀から、レオナルドと結婚することに執着するようになった。父に「レオナルド殿下と結婚したい」と言うとわかりやすいほどに喜んでいた。

今までキャシディは父からレオナルドの婚約者になるのを勧められても、首を縦に振ることはなかった。けれど今はレオナルドを自分のものにしたくてたまらない。

白蛇はマレーという名前にした。マレーがオルランド公爵家に来てから、他の聖獣たちがキャシディのそばに来ることはなくなった。

マレーが持つ力は『毒を作り出せる』という禍々しいものだとわかったからだ。この力は内密にすることにした。しかしオルランド公爵邸で働く侍女から、その情報は漏れてしまう。

そのせいでキャシディは令嬢や令息たちから怖がられて避けられるようになっていく。

その侍女は父によって処罰を受けたが、キャシディはマレーの毒の実験台に使った。

しかし以前と同じで、誰にもなにも言われることはない。キャシディのやることはすべて許される。

キャシディにだけ、マレーの声が聞こえた。マレーはキャシディのやることをすべて肯定してくれた。キャシディにはマレーがいてくれる。それだけでキャシディはなにも怖くない。

そしてキャシディはマレーにあることを教わった。マレーに備わった能力は毒を作り出せる以外にもうひとつある。他の聖獣たちとはまったく違うもので、最終的に聖獣を壊す力だそうだ。

キャシディは隠れてマレーの力を試してみた。最初は使い方がわからずにうまくできなかった。数カ月かけないと聖獣を壊せない。

キャシディはマレーの言う通りに動くだけで、その後、聖獣は体調を崩していく。マレーが言うには、最終的には別のものになってしまうそうだが、キャシディにとってはどうでもよかった。

(あらまぁ、聖獣って案外もろいのね)

キャシディがムカつくと思う令嬢たちはマレーの力により表舞台から姿を消していく。目の前から次々に邪魔者が消えるのは清々しい気分だった。

(あ、そうだわ。これで気に入らない令嬢たちを社交界から追い出してしまえばいいのよ)

キャシディは自分に歯向かう令嬢たちを容赦なく社交界から追い出していった。

するとキャシディの周囲には不本意な噂が流れるようになる。

『キャシディ・オルランドと関わると大切なものを失ってしまう』

どうやらキャシディが関わりすぎたことで、キャシディとマレーが疑われてしまったようだ。家族からももう庇いきれないと責められて最悪な気分だった。

少しペースを抑えて怪しまれないようにしなければと気持ちを切り替えるが、目障りなやつらを消すことができなくてキャシディは苛立っていた。


それから数年後、十五歳になったキャシディはレオナルドを手に入れるために本格的に動き出した。父や母に根回しをしてもらい、下準備はばっちり。

家柄も立ち居振る舞いも問題はない。婚約者候補筆頭としてレオナルドの婚約者になると信じて疑わなかった。

しかしそんなキャシディの前にある問題が立ち塞がる。

それはロドアルード王国を魔獣から守っている神獣、グレイシャーだった。

グレイシャーがキャシディの目の前に姿を現すことは、一切ない。キャシディが何度城に通っても、グレイシャーはキャシディを拒絶する。

（腹立つわ……どうしてグレイシャーはわたくしから逃げるの？）

そんなことくらいで、キャシディが婚約者になる道が遠のいてしまったことに苛立ちが募る。キャシディがグレイシャーに拒絶されていることを令嬢たちが知って、一斉に動き出した。キャシディに隠れてレオナルドにアピールして積極的になっている。

そんな令嬢たちを潰したくても今はマレーの力は使えない。

成長した令嬢たちは簡単に騙せない。マレーの力がバレてしまうことだけは避けたいと思った。

しかしキャシディはあることに気付いた。マレーだけはグレイシャーに会うことができる。それを利用しない手はないだろう。

（気に入らないものは潰してしまえばいいのよ！　今までもそうしてきたじゃない）

キャシディの唇が大きな弧を描く。そこからマレーに頼んで、レオナルドとキャシディの仲を引き裂こうとするグレイシャーを潰すために動き出した。それにはマレーも大喜び。やはり自分は間違えていない、そう思った。

普通ならば数カ月、もしくはたった一回マレーに触れただけで体調を崩すはずが、グレイシャーはなかなかマレーの影響を受けなかった。

しかしキャシディは『カナラズ、オトス』というマレーの言葉を信じて城に通い続けた。

神獣のグレイシャーが潰れたら魔獣が国に入り込み、大変なことになってしまうことはキャシディにもわかっていた。しかしそんな些細なことはキャシディにとって、どうでもよかった。レオナルドを手に入れること。それがキャシディの目的なのだから。

しかし、なぜか優しかったレオナルドの態度が年々冷たくなり、キャシディの態度に苦言を呈してくるが、その理由もわからない。

（わたくしが正しいのに、どうして……？）

キャシディは十八歳になった。これまで三年の月日をかけて、やっとグレイシャーに変化が訪れた。

（わたくしを受け入れてくれない神獣なんていらない。消えてしまえばいいのよ）

次第に力を失い、元気をなくしていくグレイシャーを見てキャシディは笑みを深めた。

グレイシャーが弱っているという不安の声を聞くたびに、キャシディは嬉しくてたまらない。マレーを放つとレオナルドの婚約者への道が一歩また一歩と近付いて、すべてが思い通りになるような気がしていた。しかしまだグレイシャーが消えてなくなるまでは安心できない。

予想外だったのは、焦ったロドアルード国王が、グレイシャーの体調が悪くなった原因はレオナルドに婚約者がいないせいだと決め込んだことだ。

城ではレオナルドを令嬢たちと引き合わせる舞踏会が行われていた。

（誰もレオナルド殿下の婚約者になんてさせないわ！　彼にふさわしいのはわたくししかいないのよ）

しかし、そんなキャシディにとって思いがけない知らせを受ける。城で行われたパーティーの後、グレイシャーの体調が元に戻ったのだ。

キャシディは信じられない気持ちだった。今まで積み上げてきた三年間をあっさりと失ったことに強い怒りを感じていた。

（いったい、なにがあったというの？　どうして……？）

グレイシャーが自(みずか)ら回復することは絶対に不可能。今までだってずっとそうだった。聖獣がマレーの力で弱っていくはずなのに。

聖獣は基本的に病に罹(かか)ったり怪我をしたりしない。人間の医師のように聖獣を治すという手立てはないはずなのだ。神獣となればなおさら、誰にもグレイシャーを治療することはできないはずだ。

怒りに震えるキャシディに対してマレーは『アリエナイ』と言った。キャシディの不満は抑えきれないほどに膨らんでいた。マレーはキャシディを煽るように『ハンニンヲ、ミツケダセ』と言った。

キャシディの中の憎悪はどんどん膨らんでいく。レオナルドの婚約者になるために、グレイシャーを消す。そのために三年も費やしたのだ。グレイシャーがいなければもっと早くにキャシディがレオナルドの婚約者になっていたはずだ。

それにまた同じように三年も費やすなんて考えたくもなかった。

(もう少しでグレイシャーを落とせそうだったのに、誰かが溜め込んだものをなくしたのね……!　絶対に許さないんだから。見つけ出して消してやる)

キャシディは最近、レオナルドに近付いた令嬢や令息たちを徹底的に調べ上げた。金を積めばいくらでも情報が出てくる。その令嬢たちの名前を並べてみると、下位貴族のくせにレオナルドに近付こうとする不届者ばかりだった。

(許せないわ……わたくしが罰を与えないと)

その中には、先日のパーティーでレオナルドに庇ってもらっていた田舎者の男爵令嬢の名前があった。それがフランチェスカ・エディマーレだった。

フランチェスカは爵位が一番下の男爵家、キャシディは爵位が一番上の公爵家。比べるまでもなく底辺だ。

王都に出てこない引き篭りの田舎令嬢。聖獣シュネーは力がなく、訳あり令嬢として知られている。しかし弟のマラキと共に男爵家の立て直しにひと役買っている。その能力を買われて、家が傾きかけている令息たちがフランチェスカを狙っているそうだ。

（ふふっ、聖獣に力がない訳あり令嬢だなんておかしいわ！　ただの役立たずじゃない）

キャシディはそれを見て笑いが止まらなかった。だが、社交界に出てこられない理由も理解できる。

（力の弱い聖獣はそれだけで悪なのよ？）

さらに詳しく資料を見てみると、レオナルドの弟であるコルビンとフランチェスカの弟、マラキは仲がいいという繋がりを見つけた。

キャシディは、馬鹿で遠慮がなく、なにも考えていないレオナルドの弟、コルビンに苦手意識を持っていた。そのコルビンが一週間もの間、エディマーレ男爵領に滞在していたことがわかったのだ。

エディマーレ男爵領の不思議な噂はキャシディのもとにも届いていた。それは奇跡が起こるというもので確かな話ではない。

しかし今のキャシディには大きく引っかかる。

(グレイシャーがエディマーレ男爵領に行っていないか探りを入れてみましょう。もしフランチェスカが犯人だったら……わたくしが消してやるわ)

キャシディはレオナルドと関わりがある女性たちを呼び出した。見事に普段から関わりがない令嬢たちばかりだったからか、オルランド公爵邸を見てうっとりとした様子だった。

(わたくしの家はあなたたちと格が違うのよ……!)

たまにならこうして開くお茶会も悪くないと思った。聖獣たちはマレーのそばに集まって呑気に遊んでいる。しかも弱くて小さな聖獣ばかり。マレーの毒牙にかかれば一瞬だろう。久しぶりの憂さ晴らしも兼ねて、じっくりと時間をかけて追い詰めていってやろうと思った。

(ウフフ……わたくしの許可なくレオナルド殿下に近付いた罰よ。聖獣も主人と似て馬鹿よね)

キャシディはマレーに合図を送る。マレーは見えない黒い煙を出して毒を注ぎ込み、聖獣に悪影響を与えていくそうだ。神獣グレイシャーでさえも、そのことに気付かず避けることはできなかった。

そんな中、主人から片時も離れようとしない聖獣が一匹だけいる。それがフランチェスカの聖獣シュネーだ。クリーム色の毛玉とちょんと飛び出た尻尾。愛らしいと言えばそうだが、なんの役にも立たなそうだ。

（弱そうで間抜けな顔をした聖獣ね。さすが男爵家の令嬢だわ）

シュネーの丸く黒い瞳はずっとキャシディを見つめている。まるで監視されているようだった。結局、シュネーがキャシディの膝の上から一歩も動くことはなかった。

フランチェスカによればお茶会やパーティーに慣れていないためだと語っていたが、それが嘘ではないことをキャシディも知っている。

しかしフランチェスカの完璧すぎる対応に違和感を抱く。お茶会の終わりにキャシディはフランチェスカに探りを入れることにした。

グレイシャーがエディマーレ男爵領にいたのではないか。

しかしそんな予想は見事に外れてしまい、コルビンとマラキについて長々と語る始末。その姿は、フランチェスカとシュネーは緊張で萎縮していただけで、キャシディとふたりきりになり解放されたように見えた。

あまりにもどうでもいい話の内容にフランチェスカを帰るように促した。

（心配しすぎかしら……そもそもパーティーにも出ない、お茶会にも出席しない田舎令嬢になにかできるわけないわよね）

キャシディは複数の聖獣たちに影響を及ぼすほどに力を使ったからか、疲労感を覚えていた。これ以上、フランチェスカについてなにかを考えることはなかった。

その後、お茶会に招待された令嬢たちの聖獣が徐々に具合が悪くなっているのだと風の噂で聞いた。

聖獣たちの力の差や体の大きさから、時間差で症状が出たおかげでキャシディとマレーが疑われることはない。代わりに疑われたのは少し前まで同じ症状を持っていたグレイシャーだった。

（このままグレイシャーが原因だと言って、国から追い出してやろうかしら。ふふっ、いい気味ね。わたくしを認めないからこうなるのよ！）

しかしその日を境にキャシディの予想を裏切るようなことが起こり始める。

まず、グレイシャーを治療したという『謎の女性』が現れた。キャシディはすぐに父のもとへ行き、その女性について聞き出そうとした。しかし父ですら国王から、その女性について話を聞いておらず、姿を見ることもなく一切、表舞台に出てこない。

キャシディが急いで城に向かっても、レオナルドはその女性のそばを絶対に離れないそうだ。人も聖獣も近寄れないようにグレイシャーが守っている。

マレーやキャシディが近付くことを許さない。

隠されれば隠されるほどに知りたくなってしまう。だが、まるでこちらの手の内を読むかのように動いてくる。キャシディに苛立ちと共に焦りが滲む。

嫌な予感をヒシヒシと感じていた。父にその女性に会わせてもらうように頼むも、すべて失敗に終わる。

そしてついにはレオナルドがその女性と結婚しようとしていることを知り、衝撃を受けた。王家主催の舞踏会でレオナルドとその女性のお披露目が行われると父に聞いて、キャシディは愕然とした。

平民の女性とレオナルドが愛し合うなど、あってはならないことだ。

「ありえない、ありえないわっ、ありえないでしょうっ……！」

キャシディは髪をかき乱して、手当たり次第に部屋のものを投げつける。ぐちゃぐちゃになった部屋でマレーを掴んで睨みつけた。

「マレー、早く平民のクソ女を消してっ！　今すぐにどうにかしなさいよ！」

『……』

「このままだとレオナルド殿下が取られてしまうわ……その女を排除して！　どんなことをしてもいいわ。こんなこと、絶対に認めないんだから」

マレーを掴む手に力が入る。

『ナニヲギセイニシテモ、イイノカ？』

「わたくしの持っているものならなんだってあげるっ！　だからその女を消して！」

キャシディがそう言った瞬間、ニタリとマレーの口元が歪んだ気がした。赤く長い舌が出たり入ったりを繰り返す。キャシディの部屋には出会った時と同じように大蛇の黒い影が映っていた。

『……ソノネガイ、カナエヨウ』

マレーの言葉にキャシディは一瞬だけ恐怖を感じたが、またいつものようにすぐに解決するだろうという安心感から、ホッと息を吐き出した。レオナルドの婚約者はキャシディ以外にありえない。消えなければいけないからだ。

「ウフフ……よかったわ。舞踏会が楽しみね」

キャシディは暴れてぐちゃぐちゃになった部屋を恐怖で震える侍女に片付けさせながら微笑む。マレーの体を指でなぞりながらキャシディは考えていた。

（舞踏会のドレスは契約の儀の時と同じ、赤色にしましょう。きっとレオナルド殿下もわたくしのことだけを見てくださるわ）

キャシディが窓の外を見ると、ザーザーと音を立てて雨が降っていた。ふと、窓ガラスに映った自分自身と目が合う。

瞳の色が血のように赤く染まっていることに気付いて目を擦った。瞼を開くとエメラルドグリーンの瞳に戻っていた。

「え……？」

目の色を見間違えただけかと思ったが、なにかが変わった気がして鏡を見ても、なにも変化はない。

（気のせい、なのかしら……？）

キャシディは窓に視線を戻した。舞踏会では必ずキャシディの欲しいものを手にしてみせる。そんな決意を胸に真っ暗な空を見上げた。

◆
◆
◆

舞踏会当日、フランチェスカは鏡の前でミルクティー色の髪をヤナに綺麗に整えてもらっていた。化粧を施してテキパキ準備を進めていく。壁にかけてあるスカイブルーとディープブルーの生地が折り重なった美しいドレスは、レオナルドがフランチェスカのために用意してくれた。キラキラと細かい宝石が埋め込まれており、ライトが当たると無数の星のように光り輝く。

鏡に映るローズピンクの瞳は緊張からゆらゆらと揺れていた。

コルセットを締め終わり、ドレスを着たフランチェスカはそっと息を吐き出す。

再び椅子に腰かけると、ヤナが髪を整えながら「お嬢様、いざとなったらヤナとポールが体を張ってお守りしますから！」と元気づけようとしてくれている。

シュネーはそんなフランチェスカの心情を察しているのか、フランチェスカにピッタリとくっついていた。フランチェスカはシュネーを抱え上げて膝上に乗せてから頬を寄せて、フワフワの毛に埋もれながら緊張をほぐす。

今日の舞踏会でキャシディとマレーがどう動くかわからないが、フランチェスカはシュネーをマレーから守らなければならない。

マレーの影響を受けないように、念のため、シュネーは別室でマラキやベネットと共に待機してもらうことになっている。

聖獣がいないことをアピールしつつ、レオナルドやグレイシャーと親しくしているところを見せることでキャシディの動揺を誘う狙いもあった。

フランチェスカの前には目元を覆う仮面がある。フランチェスカの持つミルクティー色の髪は、ロドアルード王国では珍しくない。普段から表舞台に出なかったこともあり、仮面をつけておけばすぐにフランチェスカだと気付く者はいないだろう。

開始時刻が近付くにつれてドキドキと心臓が音を立てる。フランチェスカが深呼吸していると、聞こえてきた扉を叩く音。

返事をすると扉がゆっくりと開く。フランチェスカが立ち上がり、レオナルドの姿を視界に捉えた瞬間、なぜか安心感が込み上げてくる。レオナルドの背後からグレイシャーが顔を出した。

「レオナルド殿下、グレイシャー……！」

「……フランチェスカ」

名前を呼んだ後に、レオナルドの動きがピタリと止まる。フランチェスカが首を傾げると、ハッとしたレオナルドは頬を赤らめて視線を逸らし「すまない、見惚れていた」と小さな声で呟いた。

レオナルドにつられるようにしてフランチェスカの頬も赤くなる。「レオナルド殿下こそ素敵です」と呟くように言うと、レオナルドははにかむように笑みを浮かべた。

ヤナはフランチェスカの腕から下りたシュネーを抱え上げ、嬉しそうに頷いている。

フランチェスカがグレイシャーの大きな顔とサラサラの毛を撫でていると、レオナルドはその場に跪(ひざまず)いてフランチェスカの手を取った。

「なにがあったとしても、フランチェスカは俺が守る」

その言葉にフランチェスカは静かに頷き、レオナルドの手を両手で握り返した。レオナルドはいつだって誠実で、皆に慕われていて人望もある。

フランチェスカの持つ印象はそこまでは以前と変わらないが、外見ではわからない少年っぽさが残る無邪気なところも、かわいらしい一面も、今のフランチェスカだから見つけ出すことができたのだろう。

この二週間、城でレオナルドと多くの時間を過ごしながら、新しい発見がたくさんあった。そして彼のことが好きだと思えたのだ。

フランチェスカとシュネーは時が戻る前、彼の剣で命を失った。あの感覚は二度と経験したくはないし、近付かないようにと思っていた。

けれどレオナルドは今回、力も爵位も関係なくフランチェスカを好きだと言ってくれた。それがどれだけフランチェスカにとって嬉しかったか。

以前はフランチェスカの力がわかったから婚約者になったのだと、心の中ではずっと思っていた。国のためにフランチェスカが必要だから優しいのではないか、と。

今回のことも過去も乗り越えて、フランチェスカは前に進んでいきたいと思えた。

フランチェスカも祈るようにレオナルドの手を握り返す。

「どうかレオナルド殿下や皆様が無事でありますように……」

レオナルドが立ち上がったことで、フランチェスカとレオナルドは互いの手を握りながら見つめ合う。愛おしい気持ちがどんどん大きくなっていく。

「レオナルド殿下、お時間です」

そんな時、くぐもった声が扉の外から聞こえた。

どうやら舞踏会が始まり、レオナルドとフランチェスカを呼びに来たようだ。ふたりは気恥ずかしさからパッと手を離して顔を背けると、シュネーがヤナの腕の中で『ワンッ』と鳴いた。

フランチェスカはヤナからシュネーを受け取り、抱きしめた。「シュネー、絶対に守るからね」と周囲に聞こえないように呟く。するとシュネーはフンと鼻を鳴らしてフランチェスカの手をペロペロと舐めた。まるで『私もあなたを守るからね』と言ってくれているような気がして嬉しかった。

フランチェスカは仮面を嵌め、深呼吸をした。レオナルドを呼びに来た執事の後ろに控えていたマラキにシュネーを預けて、レオナルドの腕に手を添える。

久しぶりの感覚に足が震えそうになる。しかし辛い王妃教育を乗り越えたことでフランチェスカは今、誰にも負けないくらいの美しい所作を身につけている。

多少のブランクはあるものの、体に染みついたものは何年経っても消えはしない。

レオナルドはパーティーやお茶会に出席することなく、ほとんど表舞台に出ていなかったフランチェスカの堂々とした様子に驚いている。

婚約者もいなかったフランチェスカが慣れた様子でエスコートを受ければ、疑うのも無理はない。フランチェスカはレオナルドから「どこでその立ち居振る舞いを？」を問いかけられたが適当にごまかしながら会場を進んだ。

そして大きな扉の前に立つ。フランチェスカは大きく深呼吸を繰り返す。グレイシャーが背後から『大丈夫』と言いたげにフランチェスカの頬に擦り寄った。

フランチェスカはグレイシャーの頭を撫でながら「グレイシャー、ありがとう」と言って頬を擦り寄せた。再びレオナルドの腕を取り、彼の視線を感じて顔を上げる。

レオナルドは力強く頷いた。それだけで大丈夫だと思えた。

先に会場で挨拶をしていた国王の声と共に、両開きの扉が開いた。

「ここにレオナルドとグレイシャーや聖獣たちを治療した〝ラン〟を紹介しよう」

フランチェスカの名前の一部を切り取って、ランという偽の名前を使う。レオナルドとフランチェスカが会場へと足を踏み入れると一斉に注目が集まった。無数の視線を感じながらフランチェスカは一歩を踏み出した。騎士たちも厳重な態勢で会場に待機している。

注目すべきはキャシディの行動だろう。マレーの目の色のような真っ赤なドレス。幾重にも重なった黒のフリルのスカートは豪華な金色の装飾が施されている。

マレーはいつものようにキャシディの首に巻きついている。いつも通り笑っているように見えてもフランチェスカは殺気のこもった鋭い視線を感じていた。

手のひらにじんわりと汗が滲む。しかしレオナルドはフランチェスカを気遣うようにエスコートする。ふと顔を上げると、フランチェスカを安心させるように微笑んでいた。

レオナルドの柔らかい笑顔とフランチェスカを見る優しいまなざしを見て、会場にいた貴族たちは拍手を送る。

フランチェスカとレオナルドが壇上に上がると、グレイシャーがフランチェスカに寄り添うように座った。

「レオナルド殿下の表情を見れば、ラン様を心から愛していることが伝わってきますな」

「グレイシャー様もあんなにラン様を気に入っていらっしゃる。これで我が国も安泰ですな」

「お似合いのふたりですわね」

平民だと噂されていたランが優雅に振る舞っていることを不思議に思って、一部の令嬢たちはコソコソとなにかを話しているようだが、フランチェスカはにっこりと笑みを浮かべていた。

そしてロドアルード国王からレオナルドとランの婚約が発表される。歓迎ムードの会場に怒りに満ちた声が響く。それはオルランド公爵だった。

「陛下、その得体の知れない女性を本当に次期王妃とするおつもりですかな？　我々はなんの説明も受けてはいない。様々な憶測が飛び交っております」

「ああ、ランの事情は伏せられてはいるが、なにも問題はない。彼女はグレイシャーを治癒して、原因もわからずに体調を崩していた聖獣を治療してくれた女神のような女性だ」

「本当にそこの女性が？　信じられませんな」

会場が静まり返り、緊迫感に包まれる。オルランド公爵とロドアルード国王の声だけが響いていた。

「レオナルドが彼女の力によって治療しているところを見ている。それにレオナルドはランを心から愛しておる」

「……ですがっ！」

「それにランは見ての通り、グレイシャーに認められた女性だ。王家としてはなにも問題はない」

「くっ……！」

グレイシャーがフランチェスカのそばに寄り添っている姿を見て、オルランド公爵は悔しそうに唇を噛んでいる。

ロドアルード国王はオルランド公爵がキャシディのことを言っているのだと理解した上で、グレイシャーの名前を出した。

キャシディは震えるほどに拳を握っている。俯いたままで顔は見えないが、おそらくその表情は怒りに満ちているのだろう。

キャシディを注視していたが、今の段階では特に動きはないようだ。

舞踏会が始まった後もフランチェスカは会場で踊ることなく、グレイシャーのそばを離れなかった。好奇の視線に晒されているフランチェスカだったが、笑みを浮かべたままグレイシャーを撫でていた。

あえてダンスを踊らないことでキャシディが動きにくい状況を作る。レオナルドと楽しげに談笑していると、コツコツと響くヒールの音と共に視界に入る真っ赤なドレス。貼りつけたような笑みを浮かべたキャシディが、ふたりの前に現れる。

すぐにレオナルドとグレイシャーがフランチェスカを庇うように前に出た。するとピクリとキャシディの口端が動いた。

「嫌ですわ……わたくし、ラン様にご挨拶をしようと思っただけですのに」

マレーがシャーと音を立てて威嚇するように牙を剥いたのを見て、フランチェスカがわざとらしく肩を揺らしてレオナルドの背に隠れる。

「まぁ、なんてかわいらしい方なのでしょうね。そんなに照れなくてもいいのですよ。是非、わたくしと仲よくいたしましょう？」

キャシディはそう言いながらこちらにゆっくりと近付いてくる。レオナルドを狙っていた他の令嬢たちもキャシディが動いたことで、こちらを興味深そうに見ている。

フランチェスカの周りを舐めるように見ていたキャシディはわざとらしく首を傾げた。

「ラン様の聖獣はどこにいらっしゃるのかしら？」

フランチェスカの代わりにレオナルドがキャシディの質問に答えるために前に出た。声でバレる可能性があるため、フランチェスカはなにも話さないことにしたのだ。

「聖獣はいない」

「あら、残念……聖獣もなしに不思議な力を使えるなんて信じられないわ。本当に人間なのかしら」

キャシディの言葉にフランチェスカに注目が集まった。ロドアルード国王の決定に逆らうつもりはないが、突如現れたランに興味があるからだろう。

「彼女は人間だ。キャシディ、なぜそんなことを聞くんだ？」

「レオナルド殿下は噂をご存じないのかしら？　聖獣なしに神獣を治癒できるなんて、人間の力では考えられないでしょう？」

キャシディはにっこりと笑みを浮かべながら言葉を続けた。

「レオナルド殿下、聞いてくださいませ。わたくしのマレーは最近、調子が悪いみたいなので、是非ラン様に診ていただきたいと思ったのです。皆様もラン様の活躍を見たいですわよねぇ？」

キャシディの言葉にざわざわと辺りが騒がしくなる。やはりランの力を間近で見たいと思っているのだろう。

少し離れた場所ではワルツのゆったりとした音楽が流れている。ピリピリと空気が張りつめている中、レオナルドが口を開く。

「今日は彼女に舞踏会を見せてやりたかったんだ。緊急性がなさそうならまた後日でもいいだろうか？」

レオナルドのフランチェスカを気遣う言葉にキャシディの顔から一瞬だけ表情が消える。

「舞踏会を見せてやりたいだなんて……そのような方に今後、レオナルド殿下のお相手が務まるのでしょうか？」

キャシディの言葉に同意する貴族たちにレオナルドが冷たく言い放つ。

「不満そうだな」

「えぇ、不満ですわ。おふたりで華麗にダンスでも踊ってくだされば認めたでしょうけど」

「……ダンス、だと？」

「えぇ、ですが舞踏会に初めて出る方ですもの。無理に決まっていますわよね？」

レオナルドはフランチェスカと目を合わせる。フランチェスカはレオナルドを見上げながら笑みを浮かべてゆっくりと頷いた。

「ダンスが踊れれば、彼女を俺の婚約者として認めるのだな？」

「え……？」

「今日は彼女に静かに過ごさせてあげたかったのだが仕方ない。ラン、一曲だけいいだろうか」

フランチェスカは口を開くことなく、再びゆっくりと頷いた。そしてレオナルドと共に会場の真ん中に向かう。貴族たちは半笑いでフランチェスカを見ている。平民と噂されているランが踊れるわけがないと思っているのだろう。どんなに惨めな姿を晒すのかと興味深そうにこちらを見つめている。

しかしフランチェスカには時が戻る前、レオナルドの婚約者として何度も何度も踊った記憶がある。フランチェスカは死ぬほど練習をしてダンスを叩き込んだのを懐かしく思い出すことができた。

そしてこの二週間、城に滞在中に一度だけ、レオナルドと共にダンスを踊ったことがある。レオナルドにもフランチェスカが慣れた様子で踊っているのを見て、『いったい、誰と踊ってこんなにうまくなったのかな』と嫉妬して問い詰められた。

今回、踊る必要はないのだが、状況によっては踊ることになるかもしれないと思い、少しだけ復習しておいてよかったと思った。

フロアでは音楽に合わせてフランチェスカのドレスが花開くように舞う。それには

フランチェスカを馬鹿にしようと集まっていた貴族たちも感嘆の声をあげた。

「ほほう、素晴らしい。息がピッタリですな……！」

「レオナルド殿下も素敵だけれどラン様のダンスも美しいわ」

「綺麗……！　おふたりとも幸せそう」

フランチェスカはレオナルドとアイコンタクトを取りながら夢のような時間を楽しんでいた。

（こうしてまだレオナルド殿下と踊ることができるなんて……）

手のひらから伝わる体温に自然と胸が高鳴る。

「愛している。俺が君を守るからなにも心配しなくていい」

「……っ！」

耳元で囁かれる力強い言葉に、フランチェスカは小さく頷いてレオナルドに体を預けた。

ダンスが終わると会場からは盛大な拍手が巻き起こる。

レオナルドとフランチェスカは密着したままキャシディのもとへと向かう。

「これで不満は消えたか？　俺たちのことを認めてくれると嬉しい」

フランチェスカもキャシディたちの前でカテーシーを披露する。さらに湧き上がる拍手。すっかりこちらのペースだが、ギリギリと音が鳴るほどに歯を食いしばっているキャシディは笑顔を作る余裕すらないようだ。

レオナルドがフランチェスカの耳元で「グレイシャーのもとに戻ろう」と言って腰を抱く。

キャシディに背を向けようとした時だった。

「認めるわけ、ないでしょう……？」

キャシディの低く暗い声が響いた瞬間、マレーが牙を剥いてフランチェスカに飛びかかってきた。

すぐにレオナルドが剣を抜いてマレーを叩き斬る。

「ウフフ……アハハハッ」

しかしキャシディは大きな声で笑い、空を見上げるように上を見て両手で頬を押さえている。

キャシディの異様な笑い声に騒めく会場からは悲鳴があがり、彼女の周りにいる聖獣たちが一斉に倒れた。聖獣たちに寄り添い、無事を確かめる貴族たちはその場に座り込み、真ん中ではキャシディが腹を抱えて笑いながらなにかを叫んでいる。

レオナルドの合図で騎士たちが動き出した。

レオナルドがフランチェスカを抱え上げると「逃げろっ！」と周囲にいる貴族たちに叫んだ。レオナルドはそのままフランチェスカをグレイシャーのもとへと運ぶ。

「――消えろ、消えろっ、ぜぇんぶ消え去ればいいのよっ！」

キャシディと目が合った。彼女のエメラルドグリーンの瞳は血のように赤く変化している。今回は気のせいではないとハッキリとわかる。壇上にいるフランチェスカには、キャシディを取り囲むように黒い煙が渦巻いているのが見えた。

しかし他の人たちには見えていないようだ。あの黒い煙はシュネーを取り囲んでいたものと同じだった。

オルランド公爵はキャシディに近付こうとするが、オルランド公爵の聖獣が必死に服を引っ張り、キャシディのもとに行かないように引き留めている。

しかし娘の異様な様子を見て放っておくことはできなかったようだ。オルランド公爵の指がキャシディの肩に触れた瞬間、その場で倒れてしまう。そしてオルランド公爵を救おうとした聖獣も、もがき苦しんでいる。

会場には逃げ惑う人々の悲鳴が響いていた。黒い煙に触れた聖獣たちは意識を失うようにしてぐったりとしていた。

隣ではグレイシャーが鼻先から口元に皺を寄せて牙を剥き出しにしている。目は吊り上がり、今まで見たことがないほどに怒っている。

キャシディはオルランド公爵の様子をチラリと見ただけで、慌てることも心配して駆け寄ることもしない。すぐにフランチェスカへと視線を戻したキャシディは、真っ直ぐにこちらを睨みつけていた。

するとさきほど、レオナルドが真っぷたつにしたはずのマレーの体から黒い煙が溢れるように出ていることに気付いてレオナルドに声をかける。

「レオナルド殿下、マレーの体から黒い煙が出ています！」

「俺にはなにも見えないようだ。公爵や聖獣たちが倒れたのもその黒い煙が原因か？」

「はい。おそらく……」

フランチェスカの目の前で真っ黒な煙がまとまっていく。そしてひとつの形を作る。

蛇のように細長くなったかと思いきや、徐々に実体化していく。

レオナルドが隣で「大蛇が……！」と呟いた。どうやら黒い煙からできあがった大蛇の姿は見えるようだ。大きくて赤い舌が出たり入ったりを繰り返している。真っ赤な瞳がこちらを捉えると恐怖から動けなくなった。

『この姿になるのは何百年ぶりだろうか……』

大蛇となったマレーから地を這うような声が響いた。キャシディはその真っ黒な体を撫でながら恍惚とした表情で笑っている。

「マレー、早くあの女を壊してちょうだいっ！　今すぐわたくしの前から消しなさいよっ」

キャシディの怒鳴り声が聞こえた。キャシディが指差す先にはフランチェスカがいる。マレーがこちらを見たのを感じ、レオナルドがフランチェスカの体を引っ張った。ヒュッと空気が揺れた瞬間、フランチェスカの仮面がひび割れて崩れ落ちた。フランチェスカがいた場所には黒い煙が渦巻いている。

あまりに一瞬の出来事にフランチェスカは言葉を失っていた。

『チッ……。外したか』

もしこれに当たっていたらと思うとゾワリと鳥肌が立つ。フランチェスカは無意識にレオナルドの服を掴んだ。

フランチェスカの顔が露わになると、キャシディは怒りの声をあげた。

「お前っ、やはりお前だったのね！　フランチェスカ・エディマーレ……わたくしに嘘をついて騙したの？　わたくしの邪魔をしていたのはお前だったのかっ」

「……っ」

「——許さない許さない許さないんだからっ！　お前だけは絶対に許さない！　地獄に堕ちろ！」

血走った目でフランチェスカに暴言を吐くキャシディはもう正気には見えない。マレーの周りにある煙が実体化して黒い刃となり、次々に飛んでくるのを、レオナルドとグレイシャーが弾いていく。

しかし騎士たちは剣で黒い刃を斬った後、そのまま気絶するように倒れ込んでしまう。黒い煙は広がりを見せて会場に充満していた。

（……騎士たちが！）

バタバタと音を立てて倒れていく騎士たち、貴族たちも連れていた聖獣たちも黒い煙に覆われた会場でぐったりとして倒れている。レオナルドが剣を振ると彼の周りだけ黒い煙が晴れる。グレイシャーにフランチェスカを預け、静かにキャシディに剣を向けた。

レオナルドがマレーとキャシディのもとへと向かうのを、手を伸ばして引き止めようとして、フランチェスカはグレイシャーに止められてしまう。グレイシャーを見ても首を横に振るだけだった。

「フランチェスカを傷つけることは許さない！」

レオナルドが剣を向けながらキャシディたちに近付いていくと、キャシディは両手を広げている。

「レオナルド殿下、わたくしを選んでくださったのですね！」

「……キャシディ」

「どうかわたくしのもとへ！　わたくしにはあなたしかいないの」

キャシディの言葉にレオナルドは静かに首を横に振った。

「俺が君を選ぶことはない。以前もそう言ったはずだ」

「それはあの神獣のせいでしょう？　グレイシャーを消せばすべてうまくいくはずだったのにっ！」

「キャシディ……やはり君がグレイシャーをっ！」

「当然よ！　わたくしとレオナルド殿下の仲を阻むものは、たとえ神獣だとしても消さないとでしょう？」

キャシディの言葉にレオナルドの表情が怒りで滲む。レオナルドはグレイシャーの具合が悪くなったことを、自分のことのように心配していた。キャシディは当たり前のように言っているが、到底許せることではないだろう。

「グレイシャーを傷つけた君を許すことはできない」

「わたくしはレオナルド殿下を愛している。あなただけがわたくしのすべてを受け入れられるわ！」

「俺は君を愛してはいないし、受け入れるつもりもない」

レオナルドの言葉に、今まで上に掲げていたキャシディの腕がダラリと落ちる。口角は下がっていき、ピクリと痙攣するように動いている。

「………そう。わたくしのものにならないのね」

「キャシディ、いい加減に目を覚ましてくれ！」

「それなら、もういい。あなたもイラナイわ」

マレーが威嚇するように口を開くと、黒い刃が次々とレオナルドを襲う。剣で防御するものの、次第にレオナルドの腕が傷ついていく。

見ていられずにフランチェスカがレオナルドのもとに行こうとするが、グレイシャーはここにいろと言わんばかりに鼻でフランチェスカの体を押しとどめた。

「フランチェスカ……！　マラキとベネットが大変なんだ！」

「コルビン殿下⁉　どうしてここに？」

「舞踏会の会場に行こうとしたら、マラキとシュネーとベネットを見つけて……！

いつものように話していたら突然、マラキとベネットが苦しみ出したんだっ」

シュネーを抱えて目に涙を浮かべたコルビンがこちらにやってくる。マラキとシュネー、ベネットは別室で待機していたはずだった。

コルビンの腕から下りたシュネーは、フランチェスカの胸に飛び込んでくる。

「この状況は、いったい……どうしてこんなことに」

コルビンは舞踏会の会場を見て唖然とした。賑やかだった舞踏会は嘘のように静まり返っている。皆が倒れており、目を覚ますことはない。

グレイシャーはシュネーとコルビンが来たことを確認してからフランチェスカのそばを離れて、レオナルドのもとへ加勢しに向かったようだ。

フランチェスカがマレーと戦うレオナルドとグレイシャーを見つめていると、後ろからパタリと倒れる音が聞こえた。振り向くと、コルビンも倒れている。

「コルビン殿下……⁉　コルビン殿下、しっかりしてください！」

コルビンが倒れてしまい、フランチェスカの目に涙が浮かぶ。いくら肩を揺らしてもコルビンからの返事はない。別室にいるマラキとベネットも心配だった。

ロドアルード国王だけはなんとか意識があるようだが、頭に手を当てて辛そうだ。王妃も椅子にもたれるようにして聖獣と共に意識を失っている。

この会場で意識があるのはフランチェスカとレオナルド、国王くらいだった。シュネーもグレイシャーと同じようにキャシディとマレーを見て唸っている。こうしてシュネーが敵意を剥き出しにするのは初めてだった。

（どうして、こんなことに……！）

レオナルドとグレイシャーはマレーと戦いつつも、黒い煙を吸い込むと息苦しそうに咳き込んでいる。フランチェスカはこの煙だけでもどうにかできればと思った。

フランチェスカとシュネーの力ならば、この煙を晴らせるのではないかという確信があった。

「シュネー！」

『アンッ』

シュネーを抱きながらフランチェスカは目を閉じる。

この黒い煙を晴らすイメージで力を込めると金色の光がキラキラ降り注いだ。金色の光が黒い煙に触れると煙はスッと消えていく。

「息がしやすい。フランチェスカとシュネーが？」

『この力は……！』

マレーがピタリと止まって、フランチェスカとシュネーを見つめた。フランチェスカが瞼を開くとキャシディの怒鳴り声が響く。その顔は以前のキャシディとは違って荒々しく、別人のようだ。

「──マレーッ、どうしてまだあの女だけが起きてるのよ！　今すぐに消して！　早くしなさいよっ！」

『……チッ』

「この役立たずっ！　お前はコレしかできないんでしょう？　さっさとあの女を……っ」

『まったく、うるさい女だ』

「は……？　アンタを助けたのはわたくしよ！　わたくしのために働きなさいよっ！なんのために気持ち悪いアンタと共にいると思ってんのよ！」

『…………』

「すべてを手に入れられるっ、わたくしの望むままって言ったじゃないっ！」

『お前はもう用済みだ』

「はぁ？　なに言ってんのよ。さっさと動かないと捨ててやる！　また地下に戻りたいの⁉　それが嫌だったら、わたくしの前から邪魔者を消しなさいっ」

『言われなくてもコイツらは消してやる。それにはなにを犠牲にしてもいいと言っただろう？』

「え……」

キャシディの目の前に影が落ちる。マレーが大きな口を開いたのがスローモーションのように見えた。

「キャシディ様……っ！」

フランチェスカがそう叫んだ時にはもう手遅れだった。キャシディは一瞬でマレーに丸呑みにされてしまう。

フランチェスカは口元を押さえた。これにはレオナルドも絶句していた。

『この女は力を取り戻すために随分と役立ってくれたが、もう不要だ』

「どういう意味だ！」

『傲慢で愚かな女だった。その欲深さは我も驚くほどだ』

レオナルドの声が怒りからか震えている。グレイシャーの低い唸り声が聞こえた。

『グレイシャー、久しいな。魔獣から国を守るために力を失い続け、もうしゃべれもしないのか。やはりフラムを亡くしたのは大きいようだな』

「フラム……？」

フラムとは英雄ロドアルードに仕えていた神獣の名前だ。銀の神獣グレイシャーともう一匹、金の神獣フラムがいる。フラムはロドアルード王国を守るために亡くなり、今残っているのは銀の神獣グレイシャーだけだと言い伝えられている。

『しかしフラムの力を受け継ぐ神獣が生まれた。力が弱いうちは我に見つからないように聖獣になりすましているとは恐れ入った』

「いったい、なにを……」

『その小さな毛玉が神獣フラムなのだろう？　隠していても我にはわかるぞ！　我の力にも屈することなく意識を保っているのがその証だ』

マレーの視線の先にはフランチェスカに抱えられていたシュネーの姿があった。

それにはレオナルドもフランチェスカも驚きを隠せなかった。絵画や絵本などでもの多い、英雄ロドアルードが従えている銀の神獣グレイシャーと対になって描かれていること金の神獣フラムが、フランチェスカが抱えられるくらい小さい体をしたシュネーだということに。

シュネーがグレイシャーのように大きな神獣になると思うと信じられない。

「まさか、シュネーが……神獣フラム？」

フランチェスカがそう言うと、シュネーはいつものように『ワン』と吠えてフランチェスカの頬を舐めるようにして戯（たわむ）れてくる。

『つまりはその毛玉と女、グレイシャーを潰せば、この国は終わりというわけだなぁ』

マレーの口元がニタリと歪んだ気がした。そしてマレーがフランチェスカとシュネーを丸呑みしようと口を開いたのが見えたが、すぐにレオナルドが間に入るようにして剣を振るった。

「させるか……！」

「レオナルド殿下っ」

「フランチェスカ、隠れていろ！」

牙と剣がぶつかり合う音が聞こえた。グレイシャーもマレーの体に噛みついている。

フランチェスカはシュネーを守るように抱きしめた。しかしこのままではいけないとシュネーの名前を呼ぶ。

シュネーもフランチェスカと同じ気持ちなのか、力いっぱい鳴いた。

（もしかしたら治癒の力が効くのかもしれないわ。マレーはシュネーの力を恐れているのよ）

『ワンッ！』

シュネーは準備ができたと言いたげに再び吠（ほ）えた。フランチェスカがマレーに向かって手を伸ばすと、治療を行ういつもの要領で力を放つ。

それがマレーの皮膚に当たると焼け爛れるようにして傷がついた。

（やったわ……！）

痛みからか叫び声をあげるマレーを見て、確かな手応えを感じた。マレーが暴れ回り、地震のように会場が揺れる。

このままでは他の人たちを巻き込んでしまう。レオナルドも同じように思っているようだ。グレイシャーはマレーの尻尾を押さえつけて動かないようにしている。

『許さぬっ、許さぬぞ……！　一度ではなく二度までもっ』

マレーが暴れている隙に、レオナルドが剣で体を突き刺すとマレーの悲鳴が響き渡る。

「シュネー、もう一回頑張りましょう」

『ワンッ』

シュネーと共にありったけの力を込める。剣の傷口から噴き出す黒い煙にレオナルドは顔を歪めている。

マレーのもとに向かおうとすると金色の光を纏ったシュネーが突然、走り出す。

「シュネー⁉」

シュネーはレオナルドのもとへ真っ直ぐに向かうと、剣が刺さっている部分から金色の光を押し込むようにして噛みついた。

『――ギャアアアアアァアッ！』

マレーの真っ黒な皮膚がブクブクと盛り上がり、体は真っぷたつに裂けた。それと同時に黒い煙が消えていく。

ドシンと大きな音を立てて倒れ込んだ黒い巨体を見て、フランチェスカは力が抜けてその場に座り込んだ。

レオナルドは剣を払うと鞘に仕舞い込む。グレイシャーも心配そうにこちらに向かってくる。今になってフランチェスカを恐怖が襲う。先ほどまでシュネーを抱きしめていた手はガタガタと震えていた。

シュネーがフランチェスカのもとに元気よく戻ってくるのを見て、フランチェスカは大粒の涙を流しながらシュネーを抱きしめた。レオナルドがフランチェスカをシュネーごと抱きしめる。

「無事でよかった」

「レオナルド殿下、どうしてあんな無茶を……！」

フランチェスカが震える声でそう言うと、レオナルドは「君を守ろうと勝手に体が動いたんだ」と呟いた。

目の前には真っぷたつになった黒い大蛇が横たわっている。フランチェスカはレオナルドの背に手を回して無事を喜んだ。

「レオナルド、フランチェスカ……！　無事か⁉」

膝をついた国王が椅子に寄りかかりながら立ち上がる。

「父上……！　ご無事でしたか！」

グレイシャーがシュネーとフランチェスカに寄り添うようにしている。フランチェスカもシュネーとグレイシャーを撫でていた。レオナルドが立ち上がり、ロドアルード国王のもとへ向かおうとフランチェスカのそばを離れた瞬間だった。

『せめて、お前たちを道連れにしてやる……っ！』

フランチェスカの視界に真っ暗な影がかかる。目の前に大きくて鋭い牙が見えた瞬間、フランチェスカはシュネーとグレイシャーを守るように身を乗り出した。

（絶対に守るって約束したもの……！）

痛みを覚悟してフランチェスカは目を閉じた。しかし、いくら待っても痛みはない。

フランチェスカがゆっくりと瞼を開けた時だった。

レオナルドが持っていた剣がマレーの顔を貫いているのが見えた。そして、マレーの牙がレオナルドの腹部に刺さっている。

「……レオナルド、殿下？」

ダラリと腕が垂れるのと同時に、カランカランと音を立ててレオナルドが持っていた剣が床に落ちた。マレーがサラサラと金色の光になって消えていく。床には黒い水晶玉が転がっていた。

牙が消えてなくなり、レオナルドの体が倒れ込む。フランチェスカはレオナルドを支えたが、重みに耐えきれずに倒れてしまう。

「ぁ……嫌っ、どうして」

フランチェスカは大きく首を横に振る。レオナルドが咳き込むと口端から血が伝う。フランチェスカは手のひらでレオナルドは腹部を押さえた。フランチェスカの頬には涙が伝う。

「ゴホッ……フランチェスカを……守ると、約束した」

「……そんな！　レオナルド殿下っ、しっかりしてくださいっ」

レオナルドの震える指がフランチェスカの涙を拭うように滑る。フランチェスカはレオナルドの手を握った。

「シュネー……！　お願いっ」

しかし先ほど、マレーを倒す際にシュネーと共に力を使い切ってしまった。シュネーは困惑した様子で『クークー』と高い声で鳴いている。

「嫌よ！　絶対にレオナルド殿下を助けるんだから」

「フラン、チェスカ……好き、だ」

「傷が……っ！　塞がって！　お願いっ」

「……フランッ、チェス、カ」

「――嫌ぁあぁっ！」

フランチェスカはレオナルドにしがみつくようにして泣き叫んだ。

（どうかレオナルド殿下を助けてくださいっ！　お願いっ、彼を失いたくないの！）

その時、会場いっぱいに金色の眩い光が包み込んでいることに気付いた。フランチェスカが不思議に思い、顔を上げると、グレイシャーにそっくりな黄金の毛をした狼のような獣が現れた。しかしフランチェスカにはそれがなんなのか自然と理解できる。

「シュネー……？」

『……グルル』

シュネーはいつもグレイシャーがやっているように、フランチェスカに擦り寄ってからレオナルドの頬をペロリと舐める。そして目を閉じると、キラキラと眩い金色の光がレオナルドの腹部に吸い込まれていく。

マレーの牙によって空いていた腹部の穴はあっという間に塞がった。

先ほどまで冷たくなっていた肌は温かさを取り戻し、意識は戻らずとも
「うっ……」と、レオナルドから呻き声が漏れる。

フランチェスカが金色の獣を見上げると、ワインレッドの瞳と目が合った。レオナルドは大丈夫だとフランチェスカを安心させるように、シュネーは頬を擦り寄せた。

いつものようにフワフワとした毛質ではなく、グレイシャーのようにサラサラとしていて黄金色に輝く体。

フランチェスカの頬からはとめどなく涙が溢れた。

「……ん」

「レオナルド殿下！　レオナルド殿下っ、大丈夫ですか？」

「フラン、チェスカ……？」

意識を失っていたレオナルドの瞼がゆっくりと開いた。スカイブルーの瞳がフランチェスカの泣きすぎてひどくなった顔を映し出している。

フランチェスカが再び名前を呼ぶと、レオナルドはゆっくりと体を起こした。

「俺は確か……さっき」

お腹を摩りながら不思議そうにしている。

「レオナルド殿下、無事でよかった！」

「信じられない。傷が塞がっているのか？」

「本当に、よかった……っ」

レオナルドは縋りつくように抱きしめているフランチェスカの背に腕を回す。

「フランチェスカが無事でよかった」

そんなレオナルドの言葉に、再び涙が頬を伝った。

フランチェスカがレオナルドの無事を喜んで思い切り抱きしめていると、シュネーとグレイシャーが顔を寄せ、体を密着させてなにかを伝えているようだ。

暫くそうしていた二匹だったが、シュネーがグレイシャーのそばから離れてフランチェスカのもとに戻り、頬をペロリと舐めた。

「シュネー、ありがとう……！」

フランチェスカの言葉を聞き届けると、シュネーは国王たちが座っていた場所に向かい咆哮する。グレイシャーよりも高い声が会場に響き渡り、キラキラと金色の雨が降り注ぐ。すると、倒れていた人や聖獣から黒い煙が抜けていき、貴族たちは起き上がり聖獣たちも目を覚ましていく。

シュネーは満足そうに頷いてから再びフランチェスカのもとへ向かう。

フランチェスカがシュネーを思い切り抱きしめた瞬間、シュネーの大きかった姿は再びクリーム色のまん丸な体へと戻ってしまった。

「シュネーッ！　シュネー大丈夫なのっ⁉」

くったりと体の力が抜けたシュネーを見たフランチェスカは、慌てて声をかけた。

「寝てる……？」

寝息を立てているシュネーを見て、フランチェスカはその場に膝から崩れ落ちた。

フランチェスカも確かにレオナルドが致命傷を負ったのをこの目で見ていた。しかしシュネーの力で回復したのだ。そして会場にいた貴族たちと聖獣を瞬く間に治してしまった。

フランチェスカは信じられない気持ちでシュネーを見ていた。

「これがシュネーの力、なの……？」

『ああ、そうだ。全盛期はもっとすごかったぞ。我よりも魔獣の気配をいち早く察知していた。だから契約しているフランチェスカにも黒い煙が見えていたのだろう』

「え……？　グ、グレイシャー⁉」

突然、グレイシャーから声が聞こえて、フランチェスカは驚きから目を剥いた。どうやらシュネーの力で本来の力を少しだけ取り戻したのだとグレイシャーは語った。

そして以前も巨大な魔獣と戦い、神獣フラムは力尽きて消えてしまった。そして何百年経ちシュネーとして蘇ったのだと教えてくれた。

『この時をずっと心待ちにしていた。我が半身に再び会えたこと嬉しく思う。戻れたのはフランチェスカのおかげだ』

「私の……？」

『シュネーとの信頼関係や愛情が、彼女を少しの間ではあれどあの姿へと戻せたのだ。だがそれも一時的。記憶もなくし、シュネーとして徐々に力を取り戻すしかあるまい。あの姿へ戻るにはまだまだ時がかかるはずだ』

グレイシャーの言葉を聞きながらフランチェスカはシュネーを撫でた。

『レオナルド、大切な話がある』

「グレイシャー……」

レオナルドとグレイシャーが話している間、フランチェスカは気持ちよさそうに眠っているシュネーを優しく撫でていた。

（まさかシュネーが神獣だったなんて……）

フランチェスカは驚きはしたが、どこか腑に落ちる部分もあった。病を癒す力……

それはフラムが持っていると言われている力のひとつだからだ。

「フランチェスカ、グレイシャーが最後に君に伝えたいことがあるそうだ」

「最後……？」

どうやらグレイシャーの力が戻ったのも一時的らしく、もうすぐにしゃべれなくなり、元に戻ってしまうらしい。

神獣グレイシャーは魔獣の力は受けない。しかし長年にわたり、ロドアルード王国全土を魔獣から守るため結界を張り続けるという無理をしているからか弱ってきてしまった。

グレイシャーは、マレーの攻撃を知らないうちに受けてしまうくらい力を失っている状態なのだという。

本来はフラムがいて、グレイシャーを回復させることで国を守ってきたそうだ。

だが、フランチェスカとシュネーのおかげで回復したものの、また力を使い続ければ元に戻ってしまうのだとか。グレイシャーは緩やかに力を失い、消えていってしまう。

そこでシュネーが完全にフラムのような成体になるまで、守ってほしいとグレイシャーに言われて驚く。

「グレイシャー、シュネーはいつになったら先ほどのような体に戻るのかしら」

『わからない。だが、フランチェスカが大きく関わっていることは確かだ』

「私が……？」

グレイシャーの言葉を聞いて信じられない気持ちだった。だが先ほど、シュネーはフランチェスカの強い思いに反応して力を目覚めさせた。なにかきっかけがあれば元に戻るのではないかと語った。

そしてグレイシャーは『そろそろ時間か』と言って、フランチェスカの耳元で小さな声で呟いた。

『以前はフランチェスカとシュネーを守ることができなくてすまなかった。こうしてまた会えたこと嬉しく思う』

「え……？」

『ありがとう、フランチェスカ』

「グレイシャー、それってまさか……！」

フランチェスカの問いかけにこれ以上、グレイシャーが答えることはなかった。だがグレイシャーの言葉から、レオナルドに剣で貫かれて命を落とした時に、フランチェスカとしてもう一度やり直すことができたのは、グレイシャーのおかげではないかと思った。

（ありがとう、グレイシャー……）

フランチェスカはこうして新しい道が開けたことに感謝していた。目を覚ましたのかマラキやベネット、コルビンもこちらに駆け寄ってくる。

そしてシュネーの力で目を覚ました貴族たちや聖獣たちは皆、フランチェスカとシュネーに頭を下げていた。どうやらシュネーがフラムになり、フランチェスカの腕の中でシュネーに戻った姿を見ていたのだろう。

戸惑うフランチェスカだったが、ロドアルード国王も目を覚ました王妃もフランチェスカに深く感謝した。

# エピローグ

大混乱だった舞踏会はそのまま幕を閉じた。魔獣マレーはレオナルドとグレイシャーが倒し、フランチェスカとフラムの生まれ変わりであるシュネーが皆の命を救った。

このことはロドアルード王国全土に広がり、再び英雄ロドアルードの神獣二体が揃ったことに国中がお祝いムードに包まれた。

そしてマレーに丸呑みにされたキャシディが戻ってくることはなかった。

最後に見たキャシディはフランチェスカを責めて消そうとしていた。やはり、一度目ではマレーの力によってシュネーは魔獣に変化してしまったのだろう。

あのままグレイシャーを治療しなければ、グレイシャーも魔獣になってしまったのだろうか。マレーが消えた今となってはわからないが、危険な力であることは確かだ。

(キャシディ様……どうしてこんなことに)

キャシディはすべてを手に入れたいと言っていたが、そこにはレオナルドも含まれていたのだろう。フランチェスカにキャシディの気持ちは理解できなかったが、強欲にすべてを手に入れようとするキャシディがかわいそうに思えた。

オルランド公爵はキャシディが消えて、魔獣を従えていたことに大きなショックを受けた。オルランド公爵家はキャシディについて聴取を受けることとなった。

マレーについてわかったこと。それは神獣フラムとグレイシャー、英雄ロドアルードが倒した魔獣だということだ。

誰の目にも触れないように城の地下室に封印されていたが、時間と共に封印が弱まり、キャシディによって解き放たれてしまう。元は蛇ではなく大きなドラゴンだったらしいが、おそらくキャシディの聖獣を取り込んで蛇の形になったのではないかと語った。

つまりキャシディの聖獣だった白蛇の皮を被り、擬態して力を蓄えていった。だからグレイシャーは気付かなかったそうだ。

そしてシュネーはというと、またいつものシュネーに戻っている。シュネーが神獣フラムだとわかったが、シュネーに対するフランチェスカの気持ちはなにも変わらないままだった。

今日もフランチェスカの膝の上に座りながら、真っ黒なまん丸な瞳でこちらを見つめている。フワフワのクリーム色の毛はずっと触れていても飽きない。

相変わらず心臓がギュンと締めつけられるほどにかわいらしいシュネーに「かわいい～」と言って頬擦り（ほおず）をする。シュネーも小さな舌でフランチェスカの頬を舐める。

フランチェスカはシュネーに触れながら幸せを噛みしめていた。

フランチェスカを取り巻く環境は一気に変わってしまった。男爵家はマラキやフランチェスカの活躍により爵位と恩賞を賜り、伯爵となった。父と母は泣いて喜び、フランチェスカとシュネーを変わらず愛してくれている。

フランチェスカは城で暮らすことになった。グレイシャーとシュネーが近くにいることで互いにいい影響を及ぼす可能性が高いとの結論に至ったからだ。グレイシャーはいつからシュネーがフラムだと気付いたのか……今度、力が戻ることがあれば教えてもらおうと思った。

そして自然な流れでレオナルドとの結婚が決まった。フランチェスカは今、レオナルドの婚約者として城で過ごしている。

王妃教育のために用意された講師たち。しかしフランチェスカは時が戻る前に王妃教育を一度終えている。フランチェスカは記憶を思い出しながら完璧に振る舞い、あれだけフランチェスカを怒鳴っていた講師たちにひと泡吹かせることに成功。

「もう教えることはありません」

口々にそう言われてフランチェスカは晴れ晴れとした気分だった。

以前の経験が役立ってスッキリとしていたが、その報告を聞いたレオナルドの追究が待っていた。

「どうしてフランチェスカはそんなに完璧なんだ？　もしかして隣国の王子に求婚されていたのか？　俺ではない誰かに嫁ぐ予定があったのか」

レオナルドのフランチェスカに対する嫉妬が大爆発である。

一度あなたの婚約者を経験しています、とも言えずにフランチェスカが絞り出した答えが「いつかのために勉強しておきたかったのです」だった。

そう言うと、怪訝そうな顔をしていたが、なんとか納得してくれたようだ。

レオナルドと共にいる時間は、大切で温かい思い出に変わっていった。

あの一件から、レオナルドのフランチェスカに対する愛はとどまることを知らず、フランチェスカはレオナルドの熱烈なアピールに押されっぱなしだった。

「愛している。フランチェスカ」

「毎日言われてますから知ってますっ！」

「毎日言わせてくれ」

「俺が君を守るから、ずっと一緒にいてほしい」

「はい。もちろんです」

フランチェスカはレオナルドの言葉に頷いた。こうして甘い時間を過ごすたびにフランチェスカは幸せな気持ちになった。

時が戻る前まではレオナルドの婚約者になったことで虐げられていたフランチェスカだったが、今は一切そのようなことはない。レオナルドと婚約する際も異を唱える者はいなかった。

なによりフランチェスカと契約した聖獣シュネーは神獣だったことが大きい。フランチェスカは神獣に選ばれた少女として皆から認められている。

今のところ人に対する治癒の能力は伏せているが、信頼しているレオナルドだけにはフランチェスカの力を明かした。レオナルドは驚いていたが、「フランチェスカが頑なに力を隠そうとしていた本当の理由がわかった。これからもフランチェスカとシュネーのために内密にしていこう」と、言ってくれた。

キャシディがいなくなり、周りの令嬢たちも憑き物が落ちたように落ち着いている。以前ももしかしたらマレーの影響が大きかったのかもしれないと考えると、なんだかいたたまれない気分になった。

　そしてフランチェスカはずっと気になったことをレオナルドに聞いてみることにした。

「もし、マレーのせいでシュネーが魔獣になってしまったら、レオナルド殿下はどうしますか？」

　シュネーがマレーによって魔獣化してしまった時にレオナルドが言った言葉がなんなのか、ずっと気になっていたのだ。

　あの時、レオナルドも力を蓄えたマレーとキャシディに操られていたのだろう。血のような赤い瞳……キャシディのエメラルドグリーンの瞳も真っ赤に染まり、そしてレオナルドのスカイブルーの瞳もあの時、赤く染まっていた。

　そして瞳の色が元に戻った後、遠のいていく意識の中、レオナルドの声が聞こえた。

『君─ひとり──────。俺も───に──────』

『────る。フランチェスカ……すまない』

　その言葉の意味をふと知りたいと思ったフランチェスカは、レオナルドに問いかける。

「シュネーが魔獣化してしまったら……？　考えるだけでも嫌だな。答えなければダメか？」

「レオナルド殿下は国のためにシュネーに剣を向けたとしましょう。その後、マレーの力でレオナルド殿下は操られてしまい、私はシュネーを庇ってレオナルド殿下に斬られて死んでしまう。そんな私を見て、声をかけるとしたらなにを言いますか？」

「なぜそんなことを……」

フランチェスカはキラキラした瞳でレオナルドを見つめる。レオナルドは戸惑いつつも口を開いた。

「国も大切だが、フランチェスカは俺にとってなくてはならない存在だ。もし俺がフランチェスカに剣を向けることになれば……」

続きの言葉が気になり待っていると、レオナルドがにっこりと笑みを浮かべる。形のいい唇が弧を描いているのを見て、なにを言うつもりなのだろうと思っていると……。

「君をひとりにはしない。俺も一緒に逝こう」

「…………へ？」

「言っただろう？　俺はフランチェスカを愛してる。なくてはならない存在なんだ」

「で、でも……」

「もし君がそうなってしまったらフランチェスカとシュネーを守れなかった俺の責任だな」

レオナルドの言葉に驚いてあんぐりと口を開けた。

『君をひとりにはしない。俺も一緒に逝こう』

『愛してる。フランチェスカ……すまない』

レオナルドの言葉は、不思議とあの時の言葉にピタリと当てはまる。フランチェスカが命を落とし、マレーによる力が解けた際にレオナルドも自ら命を絶ったのではと予想した。

(もしそうなったとしたら、グレイシャーが時を戻したのも頷けるわ)

それを当たり前のように言うレオナルドも恐ろしい。改めて彼の愛の深さを知ったフランチェスカはスッと立ち上がる。

(もしかしたらレオナルド殿下は、わたくしに対する愛がとんでもなく深いのでは……？)

そんなフランチェスカの予想は見事に当たっていた。感情の起伏が少ないと思いきや、意外な彼の内面を知ったフランチェスカがヘラリと笑って逃げようとすると、レオナルドに背後から抱き込まれてしまう。

「どうしてそんなことを聞くのか……理由を聞くまで離すつもりはない」

「べ、べっ、別にっ！　大した理由はありませんから」

「俺の部屋で紅茶でも飲みながらゆっくり話そう。最近は後処理に追われて、ふたりきりの時間はあまりなかったからな」

「……えっ？」

レオナルドの指がフランチェスカの指先に絡んでガッチリと掴んで離さない。そのまま抱え上げられてフランチェスカは逃げられなくなってしまう。

「フランチェスカ、愛してる」

「わたくしもレオナルド殿下を愛してますが、まずは離してください……！」

「そうだな」

そう返事をしながらもレオナルドに離れるつもりはないようだ。

フランチェスカは辺りを見回してグレイシャーに視線で助けを求めると、グレイシャーはうんうんと頷いている。

そしてシュネーはフランチェスカの気持ちを察したのか、元気よくこちらに駆け寄ってきて素晴らしい跳躍力でレオナルドの顔に張りついた。

「フランチェスカ……シュネーに離れるように言ってくれないか？」

「ふふっ、暫くはこのままでいてくださいね。シュネー、ありがとう」

『アンッ！』

「グレイシャー、なんとかしてくれ」

『……グルル』

「皆、フランチェスカの味方だな」

「ふふっ……シュネー、もういいわ」

シュネーがレオナルドの顔からフランチェスカのもとへジャンプする。レオナルドは「フワフワの毛が気持ちいい。役得だな」と言って笑っている。


その日の晩、城のテラスでレオナルドと共に満月を見上げていた。

グレイシャーとシュネーは寄り添いながら眠っている。以前よりずっと仲よさそうな二匹を見て、フランチェスカは笑みを浮かべる。

「フランチェスカ」

レオナルドに呼ばれてフランチェスカは視線を向ける。月明かりに照らされて、アイスグレーの髪とスカイブルーの瞳が輝いていた。

ゴツゴツとした指がフランチェスカの頬を撫でる。

「やっとふたりきりになれた」

「……はい」

親指がフランチェスカの唇に触れた後に、レオナルドの顔がゆっくりと近付いてくる。柔らかい唇が触れてフランチェスカは目を閉じた。

「んっ……」

触れている部分が熱く感じた。髪が肌に触れて少しだけくすぐったい。レオナルドの体が離れて、フランチェスカが瞼を開けると、レオナルドは優しく微笑んでいた。そのまなざしを受けてフランチェスカの頬が染まる。

「フランチェスカ、君を心から愛している」

「私もレオナルド殿下をお慕いしています」

レオナルドがフランチェスカの左手を取り、薬指に口付ける。

「俺は一生をかけて君を守る。だからフランチェスカ……どうか俺のそばで笑っていてほしい」

「はい」

レオナルドはフランチェスカの言葉を聞いて甘い笑みを浮かべた後に、フランチェスカを思い切り抱きしめた。

こうしてフランチェスカは今度こそ幸せな未来を手に入れたのだった。

End

# 特別書き下ろし番外編

そんな目で見つめられると……？

（私もレオナルド殿下とデートしてみたい……！）

マレーの一件が落ち着いてから、フランチェスカとレオナルドは二匹を城に置いて、城下町でデートをすることになった。

二匹は心配そうにしていたが、フランチェスカはどうしてもやりたかったのだ。

前の人生では王妃教育と治療に追われて、外出はほとんどできなかった。もちろんレオナルドと共に他国に行ったこともない。

それはフランチェスカとシュネーの力が貴重なもので、絶対に手放したくないと王家が思っていたからだろう。いつもレオナルドの背中を見送っていた。

フランチェスカにとって城は牢獄のようだった。

だけど今は違う。フランチェスカとシュネーは聖獣の治療ができるという貴重な能力を持ってはいるが、マレーが消えた今、行動を制限されることはない。

それに聖獣達は元気を取り戻して、フランチェスカの出番はほとんどないのだ。

神獣グレイシャーとシュネーを共に置いておくことで、魔獣が入り込まないようにグレイシャーが張っている結界を作るためのマナを補うことができるとわかったそうだ。

フランチェスカとシュネーはロドアルード王国で大切な存在として扱われている。

今でもシュネーが金の神獣フラムだとは信じられない。

城から出かける前、シュネーの『クークー』という寂しそうな鳴き声を聞くと足が重たくなり、動かなかった。

シュネーと離れられずに前に進めないフランチェスカを、レオナルドが抱え上げて馬車まで運び、グレイシャーも同じようにシュネーを咥えて城内に戻っていった。

「……シュネー」

「フランチェスカとシュネーは本当に仲がいいな」

「あっ、ごめんなさい！　私ったら……」

城下町に着いても、ついシュネーの名前を呟いてしまう。しかしレオナルドは「シュネーにお土産を買っていこうか」と、優しくエスコートしてくれる。その言葉を聞いてフランチェスカの表情はパッと明るくなっていく。

「シュネーの好きそうなボールはどうだろうか？」

「いいですね！　そうしましょう」

フランチェスカとレオナルドの後ろには護衛が何人もついていた。街は厳戒態勢である。

レオナルドは色々な店を知っていた。まずはシュネーのお土産のボールやリボンを買う。

（シュネー、喜ぶかしら）

フランチェスカの笑顔を見て、レオナルドが柔らかい笑みを浮かべていることにも気付かずに、シュネーがボールと共に飛び回る姿を思い浮かべる。

それから流行りのカフェでケーキを食べるために席に着く。レオナルドと談笑していると目の前に置かれたケーキが乗った皿に、フランチェスカは目を輝かせた。

「素敵……！」

まるで芸術品のような艶やかなチョコレートで飾られたケーキを見て感動する。自然豊かなエディマーレ男爵領とは違う魅力が王都にはあった。

レオナルドの前にもフルーツタルトが置かれる。フランチェスカは暫く美しいケーキを眺めてからフォークを持って口に運んだ。

「んんっ〜！」

口の中で甘くとろけるチョコレートに思わず声が漏れる。しかしすぐにハッとレオナルドを見た。

（は、はしたなかったかしら……）

フランチェスカが頬を赤くしながら反省していると、レオナルドは「フランチェスカに楽しんでもらえているなら俺も嬉しい」と言って紅茶のカップを優雅に持ち上げる。

フランチェスカはレオナルドの反応が普通なことに安堵して、ケーキをペロリと平らげてしまう。花の香りがする紅茶を飲み、余韻に浸っていると……。

「ほら、フランチェスカ」

「え……？」

目の前に差し出されているのはフォークに刺さったいちごだ。レオナルドと目が合うと、彼はニコリと微笑んでいる。

フランチェスカはパクリといちごを口にする。甘酸っぱい味に笑みが溢れる。

「美味しいか？」

「はい！」

「フランチェスカはかわいいな」

「……っ⁉」

さりげなく紡がれる言葉に翻弄されるのはいつものことだが、今日のレオナルドはいつもと雰囲気が違う。平民の格好をしているけれど、そのオーラを隠しきることはできず、整えていない髪にシャツのボタンを開けて色っぽく男らしい。

(今日もレオナルド殿下は素敵だわ)

先ほどまでシュネーのことで頭がいっぱいだったフランチェスカだが、レオナルドのことを意識してしまう。

急に口数が少なくなったフランチェスカを不思議に思ってかレオナルドから声がかかる。

「フランチェスカ、どうかしたのか?」

「いえ、なんでもありません!」

「……そろそろ出よう。行きたい店があるんだ」

「は、はい!」

レオナルドはいつものようにフランチェスカをリードしてくれる。速やかに支払いを終えたレオナルドはフランチェスカの手を取って扉へと向かう。手を繋いで歩きながら、ジッとレオナルドを見つめ、フランチェスカは考えていた。

レオナルドと年はふたつしか違わないはずなのに、大人っぽくて頭がよくて、王太子としていつも見えないところで努力している彼を心から尊敬している。そんな人と将来、結婚できるのだと考えるとなんて幸せ者なんだと思ってしまう。

(レオナルド殿下とこうして一緒にデートできるなんて夢みたいだわ)

フランチェスカは急に手を引かれ、道の外れの人気がない場所でレオナルドに抱き込まれた。彼の胸元に顔が埋まる。不思議に思いチラリと上を向くと、レオナルドは先ほどまでの優しい笑顔が嘘のように真剣な表情でこちらを見ている。

「レオナルド殿下、急にどうしたんですか？」

「そんな目で見つめられるとキスしたくなる」

「へ……？」

「我慢できなくなりそうだ」

レオナルドはそう言ってフランチェスカの頬を手のひらで包み込むと、親指で唇を撫でた。

目の前にレオナルドの顔面が迫り、今にもキスしてしまいそうな距離にフランチェスカの顔は真っ赤になってしまう。今、自分がどんな風にレオナルドを見つめていたかなんてわからない。

ただレオナルドの瞳をこれ以上見ていると、なんだかフランチェスカまでキスをしたくなる。フランチェスカの心臓は壊れてしまうかと思うくらい音を立てている。

ここは道の外れではあるが、護衛たちや表通りを行き交う人たちの視線を感じていた。フランチェスカは羞恥心に耐えかねて自分の顔を隠すようにレオナルドに思い切り抱きつく。

「フランチェスカ？」

名前を呼ばれて顔を上げて、チラリとレオナルドを見る。自然と上目遣いになっているのだが、フランチェスカはそのことに気付かない。

「あ、あの……ふたりきりになったら、たくさんキスしましょう？」

「――ッ⁉」

フランチェスカがそう言うと、レオナルドはスカイブルーの瞳を大きく見開いて動きを止める。

フランチェスカが改めてなんてことを言ってしまったんだと後悔していた時だった。

フランチェスカを抱きしめる力が先ほどよりも強くなる。フランチェスカはレオナルドの背中を叩いて合図するが、レオナルドに手を離す様子はない。

「フランチェスカ、君は本当に……っ」

「レオナルド殿下？」

「愛してる。フランチェスカ」

「……っ！」

「これからも俺のそばにいてほしい。どんどん君を好きになる」

逃げられないまま耳元で愛を囁かれ続けて、ついにはフランチェスカの体から力が抜けてしまう。のぼせてしまうような感覚にくったりとする。

フランチェスカを抱え上げたレオナルドに、恥ずかしさから「下ろしてください！」と叫ぶが、聞き入れられることはない。

頬や額にキスを落とすレオナルドはご機嫌で歩いていく。

逞しい腕に抱かれながら、フランチェスカは手のひらで顔を隠していた。

目的の場所に着いたのか、レオナルドはフランチェスカをそっと下ろす。フラリとよろめいたフランチェスカを支えて、エスコートしながら高級感のある赤い絨毯を歩いていく。

店の奥の部屋に通されて革張りのソファに腰かける。フランチェスカが放心状態で固まっているとテーブルに出される紅茶。そして次々に入ってくる店員がフランチェスカの前に小さな箱を置いていく。

白い手袋をはめた店員が箱を開くとそこには……。

「……指輪？」

「どうしてもフランチェスカにプレゼントしたかったんだ」

「私に、ですか？」

「ああ、好きなものを選んでくれ」

「とても綺麗」

五つほど並べられた箱の中にはキラキラと輝く宝石が嵌め込まれた指輪がある。どれも美しいが、ひと際目を引くものがあった。

「気になるものはあるだろうか？」

「はい。この指輪がとても美しくて」

「一番シンプルだが……本当にこれでいいのか？」

シルバーにスカイブルーの宝石が嵌め込まれている。

「レオナルド殿下の瞳と同じ色だもの」

フランチェスカは指輪の箱を手に乗せてニコリと微笑む。レオナルドは暫く言葉が出ないのか目を見開いた後に、フランチェスカの持っている箱から指輪を取り出した。

そしてレオナルドはその場に跪くと左手の薬指に選んだ指輪を嵌める。

「フランチェスカ、一生をかけて君を大切にする」

「……レオナルド殿下」

「俺には君しかいない。心から愛している」

「私もです」

指輪を購入して、フランチェスカとレオナルドは幸せいっぱいで寄り添いながら馬車に戻る。フランチェスカはレオナルドからプレゼントしてもらった指輪を嵌めた左手を上に掲げながら見上げていた。

「レオナルド殿下、ありがとうございます」

フランチェスカは喜びから、レオナルドの唇にチュッとキスをする。

「フランチェスカ、もっとキスをしていいか？」

「はい……たくさんしてください」

この後、フランチェスカはこの発言を後悔することになるほどドロドロに甘やかされたのだった。

End

# あとがき

この度は『もふもふ聖獣と今度こそ幸せになりたいのに、私を殺した王太子が溺愛MAXで迫ってきます』を最後までお読みいただき、ありがとうございました。

初めてもふもふが登場する物語を書かせていただきましたが、フワフワの毛並みを想像するだけでどんどん筆が進みました。

今回はまっすぐで明るくて聖獣を心から愛しているヒロインと、男らしく頼りがいがあり、ヒロインが大好きなヒーローを書かせていただきました。

シユネーが照れるフランチェスカを守ろうとレオナルドの顔に何度も何度も張りついている場面はお気に入りです！

またタイトルにもある通り、時が戻る前にレオナルドはマレーの力によって操られてしまい、心から愛し、守ろうとしていたフランチェスカと彼女が愛する聖獣を殺してしまいます。

その後、彼もフランチェスカの後を追うように自分の首に剣を向けて命を絶ってしまいます。凄惨な状況にグレイシャーは力を使って時を戻しました。

そして今回は弱ったところをマレーに狙われてしまったのです。しかし今度はふたりで力を合わせてマレーを倒し、幸せを掴み取ることができました。

もうフランチェスカが苦しむことはないでしょう。

シュネーは表紙の素敵なイラストにも書かれている通り、小さくてかわいらしいですが、将来はフランチェスカとレオナルドに寄り添っているグレイシャーのようになると思うと楽しみですね！

ある日突然、大きくなったシュネーに驚き叫ぶフランチェスカの姿が目に浮かびます。

フランチェスカとレオナルドが結ばれて、シュネーとグレイシャーがパートナーとなり、新しい神獣が誕生してくれたらワクワクします。

最後にここまでお付き合いしてくださった皆様、この本を手に取ってくださった皆様に感謝を申し上げます。ありがとうございました！

やきいもほくほく

やきいもほくほく先生への
ファンレターのあて先

〒104-0031
東京都中央区京橋1-3-1
八重洲口大栄ビル7F
スターツ出版株式会社　書籍編集部　気付

やきいもほくほく先生

本書へのご意見をお聞かせください

お買い上げいただき、ありがとうございます。
今後の編集の参考にさせていただきますので、
アンケートにお答えいただければ幸いです。

下記URLまたはQRコードから
アンケートページへお入りください。
https://www.berrys-cafe.jp/static/etc/bb

# もふもふ聖獣と今度こそ幸せになりたいのに、私を殺した王太子が溺愛MAXで迫ってきます

2023年10月10日　初版第1刷発行

著　者　やきいもほくほく
©Yakiimohokuhoku 2023

発行人　菊地修一

デザイン　hive & co.,ltd.

校　正　株式会社文字工房燦光

発行所　スターツ出版株式会社
〒104-0031
東京都中央区京橋1-3-1　八重洲口大栄ビル7F
TEL　出版マーケティンググループ　03-6202-0386
(ご注文等に関するお問い合わせ)
URL　https://starts-pub.jp/

印刷所　大日本印刷株式会社

Printed in Japan

乱丁・落丁などの不良品はお取替えいたします。
上記出版マーケティンググループまでお問い合わせください。
定価はカバーに記載されています。

ISBN 978-4-8137-1492-7　C0193

# ベリーズ文庫 2023年10月発売

『気高き御曹司は新妻を愛し尽くす～悪いが、君は逃がさない～【極上スパダリの執着溺愛シリーズ】』 佐倉伊織（さくらいおり）・著

百貨店で働く紗弥のもとに、海外勤務から帰国した御曹司・文哉が突如上司として現れる。なぜか紗弥のことを良く知っていて、仕事中何度も助けてくれる文哉。ある時、過去の恋愛のトラウマを打ち明けたらいきなりプロポーズされて…⁉　「諦めろよ、俺の愛は重いから」──溺愛必至の極上執着ストーリー！

ISBN 978-4-8137-1487-3／定価737円（本体670円＋税10%）

『内緒で三つ子を産んだのに、クールな御曹司の最愛につかまりました【憧れシンデレラシリーズ】』 宝月（ほうづき）なごみ・著

真面目な真智は三つ子のシングルマザー。仕事に追われながらも子育てに励んでいた。ある日、3年前に契約結婚を交わした龍一が、海外赴任から帰国すると真智を迎えに来て…⁉　すれ違いから一方的に彼に別れを告げ、密かに出産した真智。ひとりで育てると決めたのに彼の一途で熱烈な愛に甘く溶かされ…。

ISBN 978-4-8137-1488-0／定価726円（本体660円＋税10%）

『極上御曹司と最愛花嫁の幸せな結婚～余命0年の君を、生涯愛し抜く～』 伊月（いづき）ジュイ・著

製薬会社で働く星奈は、"患者を救いたい"という強い気持ちを持つ。ある日、社長である祇堂の秘書に抜擢され戸惑うも、彼の敏腕な仕事ぶりに次第に惹かれていく。上司の仮面を外した祇堂は、絶え間ない愛で星奈を包み込んでいくが、実は星奈自身も難病を患っていて──。溺愛溢れる珠玉のラブストーリー！

ISBN 978-4-8137-1489-7／定価748円（本体680円＋税10%）

『孤高のパイロットに純愛を貫かれる熱情婚～20年越しの独占欲が溢れて～』 宇佐木（うさぎ）・著

看護師の夏純は、最近わけあって幼馴染のパイロット・蒼生と顔を合わせる機会が多い。密かに恋心を抱いているが、今更関係が進展する様子はなく諦め気味。ところが、ある出来事をきっかけに蒼生の独占欲が爆発！　「もう理性を抑えられない」──溺愛全開で囲われ、蕩けるほど甘い新婚生活が始まって…⁉

ISBN 978-4-8137-1490-3／定価726円（本体660円＋税10%）

『冷徹御曹司は想い続けた傷心部下を激愛で囲って離さない』 彼方紗夜（かなたさや）・著

恋人に浮気され傷心中のあさひ。ある日酔っぱらった勢いで「鋼鉄の男」と呼ばれる冷徹上司・凌士に失恋したことを吐露してしまう。一夜の出来事かと思いきや、その日を境に凌士は蕩けるように甘く接してきて…⁉　「君が欲しい」──加速する彼の溺愛猛攻と熱を孕んだ独占欲にあさひは身も心も乱されて…。

ISBN 978-4-8137-1491-0／定価726円（本体660円＋税10%）

# ベリーズ文庫 2023年10月発売

『もふもふ聖獣と今度こそ幸せになりたいのに、私を殺した王太子が溺愛MAXで迫ってきます』 やきいもほくほく・著

神獣に気に入られた男爵令嬢のフランチェスカは、王太子・レオナルドの婚約者となる。根拠のない噂でいつしか悪女と呼ばれ、ついには彼に殺され人生の幕を閉じた――はずが、気づいたら時間が巻き戻っていた！　今度こそもふもふ聖獣と幸せになりたいのに、なぜか彼女を殺した王太子の溺愛が始まって⁉

ISBN 978-4-8137-1492-7／定価726円（本体660円＋税10%）

# ベリーズ文庫 2023年11月発売予定

Now Printing

『タイトル未定(外科医×シークレットベビー)【極上スパダリの執着溺愛シリーズ】』 にしのムラサキ・著

使用人の娘・茉由里と大病院の御曹司・宏輝は婚約中。幸せ絶頂の中、彼の政略結婚を望む彼の母に別れを懇願され、茉由里は彼の未来のために姿を消すことを決意。しかしその直後、妊娠が発覚。密かに産み育てていたはずが…。「ずっと君だけを愛してる」──茉由里を探し出した宏輝の猛溺愛が止まらなくて…⁉

ISBN 978-4-8137-1499-6／予価660円（本体600円＋税10%）

Now Printing

『旦那さまはエリート警視正』 滝井みらん・著

図書館司書の莉乃は、知人の提案を断れずエリート警視正・柊吾とお見合いすることに。彼も結婚を本気で考えていないと思っていたのに、まさかの契約結婚を提案される！　同居が始まると、紳士だったはずの柊吾が俺様に豹変して…⁉　「俺しか見るな」──独占欲全開な彼の猛溺愛に溶かし尽くされ…。

ISBN 978-4-8137-1500-9／予価660円（本体600円＋税10%）

Now Printing

『再恋愛　～元・夫と恋していいですか？～』 高田ちさき・著

IT会社で働くOLの琴葉は、ある日新社長の補佐役に抜擢される。彼女の前に新社長として現れたのは、4年前に離婚した元夫・玲司だった。とある事情から、旧財閥の御曹司の彼に迷惑をかけまいと琴葉は身を引いた。それなのに、「俺の妻は、生涯で君しかいない」と一途すぎる溺愛猛攻がはじまって…⁉

ISBN 978-4-8137-1501-6／予価660円（本体600円＋税10%）

Now Printing

『タイトル未定(御曹司×お見合い契約婚)』 吉澤紗矢・著

カフェ店員の花穂は、過去のトラウマが原因で男性が苦手。しかし、父親から見合いを強要され困っていた。断りきれず顔合わせの場に行くと、そこにいたのは常連客である大手企業の御曹司・響一で…⁉　彼の提案で偽装結婚することになった花穂。すると、予想外の甘い独占欲に蕩かされる日々が始まって…⁉

ISBN 978-4-8137-1502-3／予価660円（本体600円＋税10%）

Now Printing

『運命の恋』 立花実咲・著

失恋から立ち直れずにいた澄香は、花見に参加した帰り道、理想的な紳士と出会う。彼との再会を夢見ていた矢先、勤務する大手商社の御曹司・伊吹から突然プロポーズされて…⁉「君はただ俺に溺れればいい」──理想と違うはずなのに、甘く獰猛な彼からの溺愛必至な猛アプローチに澄香の心は揺れ動き…。

ISBN 978-4-8137-1503-0／予価660円（本体600円＋税10%）

タイトル、価格等は変更になることがございますのでご了承ください。